DER
GOLD
HÜGEL

Tobias Roller

DER GOLD HÜGEL

Roman

Volk Verlag München

Dieses Werk wurde vermittelt durch die Literaturagentur Kai Gathemann GbR.

S. 6: »Kleines Solo«, Abdruck mit freundlicher Genehmigung
© Atrium Verlag, Zürich, und Thomas Kästner

Die Deutsche Bibliothek verzeichnet diese Publikation in der
Deutschen Nationalbibliografie; detaillierte bibliografische Daten
sind im Internet über https://portal.dnb.de/ abrufbar.

© 2024 Volk Verlag München
Neumarkter Straße 23; 81673 München
Tel. 089 / 420 79 69 80; Fax: 089 / 420 79 69 86

Druck: Friedrich Pustet GmbH & Co. KG, Regensburg

ISBN 978-3-86222-489-0

www.volkverlag.de

Dies ist ein Roman, obwohl es für einige seiner Figuren reale Vorbilder gibt. Sie und die hier geschilderten Ereignisse sind fiktionalisiert sowie alle weiteren Charaktere frei erfunden.

Einsam bist du sehr alleine.
Aus der Wanduhr tropft die Zeit.
Stehst am Fenster. Starrst auf Steine.
Träumst von Liebe. Glaubst an keine.
Kennst das Leben. Weißt Bescheid.

Erich Kästner, Kleines Solo (1947)

BLICK INS DUNKEL

Wien, Oktober 1961.

Zu Hunderten sind sie in die Stadthalle gepilgert, um ihm zu huldigen. Er soll für sie lesen, sie erheitern und sie bewegen, im besten Fall auch dazu, über diese immer befremdlicher werdende Welt nachzudenken. Schließlich ist man ja nicht nur zum Vergnügen hier.

Er hatte sich auf vier Lesungen an vier Abenden in Folge eingelassen. Dabei war er schon nach dem ersten Auftritt so erschöpft, dass ihn beim Gedanken an den nächsten ein Gefühl der Beklemmung überfiel. Doch auch die zweite Lesung wurde zum Triumph. Während der dritten gab es manchmal Applaus inmitten seines Vortrags, sodass er aufs Neue ansetzen musste, was ihn aber keineswegs störte. Und jeder Abend war ausverkauft. Dagegen hat man nun mal kein vernünftiges Argument, auch nicht als prominenter Dichter.

Nun also das Finale. Er wird auch das überstehen.

Er lauert hinter dem Vorhang, den er ein wenig zur Seite schiebt, und sieht den einfachen Stuhl und den einfachen Tisch, die man ihm wieder auf die Bühne gestellt hat. Er wollte es so. Das Mikrofon ist auf ihn gerichtet wie ein Säbel. Auf hoher See hätte er dies als Schuldspruch zu werten, und mit diesem Urteil wäre er wohl einverstanden.

Bevor ihm der Blick wieder verschwimmt, wie so oft in den vergangenen Tagen, kneift er die Augen zusammen und versucht, Gesichter im Publikum zu erkennen. Er hofft auf einen hohen weiblichen Anteil. Doch das Scheinwerferlicht taucht den Zuschauerraum in ein diffuses Dunkel. Eigentlich sucht er vor allem nach einem bestimmten, dem geliebten Gesicht, doch Friedel ist auch heute nicht gekommen, natürlich nicht. Der Schluck aus dem schmalen Flakon, das er aus seiner Sakkotasche holt, betäubt die Enttäuschung für einen Moment.

Da überfällt ihn die nächste Attacke. Der Schmerz entflammt direkt unterhalb des Brustbeins und brennt sich dort so schneidend hinein, dass er sich krümmen muss – um sich doch gleich wieder aufzurichten, denn seine Not soll auch an diesem Abend niemand entdecken. Wie viele Tabletten sind es heute gewesen? Er weiß es nicht mehr. Sie helfen jedenfalls immer weniger gegen den verfluchten Schmerz im Bein und fügen ihm dafür einen weiteren im Magen zu. Das ist kein Leben, aber leben muss man ja, also hilft es nicht zu hadern und zu klagen oder gar sich zu offenbaren.

Man hat ihm eine Assistentin zur Seite gestellt. Sie ist so jung und so anmutig, dass ihm ganz flau wird, wenn er sie ansieht. Mit ihr hätte er gerne mehr ausgetauscht als freundliche Worte oder Überlegungen zum Auf- und Abtritt, zum Getränk, zur Art der Blumen oder der Beleuchtung. Ein Mädchen für alles und für alles doch nicht.

Die Assistentin tritt auf ihn zu, berührt ihn leicht an der Schulter und bedeutet ihm mit einem berückenden Lächeln, dass es an der Zeit sei.

So geht er hinaus in das Licht, das ihn auch heute wieder so sehr blendet, dass er den Blick senken muss.

Nachdem er unter großem Beifall Platz genommen und seine dunkelrandige Brille aufgesetzt hat, bemerkt er, dass seine Bücher noch in der Garderobe liegen. Er hat sie dort einfach vergessen. Für einen Moment rüttelt der Fluchtinstinkt an ihm. Doch da eilt schon die Assistentin herbei, legt sie ihm mit flinken Bewegungen auf den Tisch und ist gleich wieder hinter dem Vorhang verschwunden.

»Es war mir leider nicht möglich, die Texte bis heute Abend auswendig zu lernen«, kommentiert er die Szene für das Publikum und erntet das erste gut gelaunte Gelächter. »Das hat wohl auch meine freundliche Assistentin eingesehen«, schickt er hinterher.

Noch einmal wird gelacht, gefolgt von einem weiteren warmen Applaus, und als er das erste Buch aufschlägt und nach einem Räuspern zu seinem ersten Vortrag ansetzt, gerät er zusehends in einen wahren Leserausch. Vergessen ist bald jedweder Schmerz und die Angst vor weiteren Attacken. Vergessen ist für zwei Stunden auch die dumpfe Traurigkeit, die ihn schon lange begleitet, und sogar der quälende Gedanke, an anderen schuldig geworden zu sein. Er ist überrascht, wie sehr dieser Abend ihn beglückt, weil er die Liebe der Menschen spürt, zumindest die Liebe für seine Worte, vielleicht auch zu ihm selbst. Er vergisst darüber sogar zu rauchen.

So wünscht er, dieser Abend möge noch lange nicht enden.

Aber irgendwann endet er doch. Als der Schlussapplaus ertönt, erhebt der Umjubelte sich von seinem Stuhl, hält kurz inne, weil ihn ein jäher Schwindel überfällt, weiß dies jedoch mit einem Winken ins Publikum zu überspielen, während er die Stuhllehne kurz umklammert hält. Dann schreitet der König davon, zwar eher schlurfenden Schrittes, der verfluchte Ischias, doch das ihm überaus zugeneigte Volk wird stattdessen einen würdevollen Abgang erkannt haben wollen.

Auf dem Weg zu seiner Garderobe geht er durch ein Spalier aus Glückwunschbekundungen und Schulterklopfen. Dass er leicht schwankt, bemerkt man nicht. Der Gefeierte hingegen fühlt die nächste Attacke nahen. Entsetzlich langsam und doch unaufhaltsam kriecht sie in ihm herauf. Schnell schließt er die Garderobentür hinter sich, und als habe der Schmerzensteufel nur darauf gewartet, überfällt er den Geplagten mit Macht, sobald dieser in seinen Stuhl gestürzt ist. Das Brennen im Magen ist dieses Mal so unerhört, dass sich augenblicklich Dunkelheit vor ihm auftut. Als er zu Boden rutscht, reißt er das Deckchen auf dem Schminktisch mitsamt dem Blumenschmuck mit.

Als er in den weißen Laken eines Krankenhausbettes erwacht, blickt er in zwei Augen, die er sehr gut kennt, und in ein sehr vertrautes Gesicht. Er sieht den Versuch eines Lächelns darin und dann dessen klägliches Scheitern.

»Was machst du denn für Sachen«, sagt Lotte zu ihm.

»Ja, was mach ich denn für Sachen«, antwortet er, weil ihm nichts Geistvolleres einfällt, und schließt die Augen sogleich wieder, weil er nur noch schlafen will.

Endlich Ruhe.

VERBANNUNG

München, einige Wochen später.

In der Klinik hat man einen wochenlangen Reigen der Sorge aufgeführt, unermüdlich getanzt von Schwestern und Weißkitteln, die sich gebärdeten, als sei er dem süßen Jenseits näher als dem diesseitigen Jammertal. Auch die in Falten gelegte Stirn ist ihnen allen zu eigen gewesen. Selbst die an seinem Schicksal ach so interessierte Presse hat man nicht zu ihm vorgelassen. Na ja.

An manchen Tagen hat er noch nicht einmal in einen Spiegel geblickt, denn sogar die Rasur hat man ihm abgenommen. Er hätte sich wie eine Hoheit fühlen können, doch nach derlei Selbsterhebungen war ihm nicht zumute, weil ihm allzu oft reichlich elend war.

Zuletzt ist der Hofstaat emsiger denn je um ihn herumgeschwirrt. Mehrmals täglich hat man seinen Blutdruck genommen, seine Venen links wie rechts zwecks Erlangung immer neuer Blutwerte sorgfältig zerstochen und ihm schließlich mitgeteilt, er habe eine folgenreiche Begegnung mit einer gewissen Dame gehabt, die den unglücklichen Namen *Tuberkulose* trägt. So hätte er es jedenfalls selbst ausgedrückt, wäre er ein Arzt gewesen.

Lotte ist er im Moment der Verkündigung fast dankbar, weil ihr darüber geäußertes Entsetzen sein eigenes Erschrecken überdeckt. »Das ist ja nicht wahr«, entfährt es ihr, als der leitende Oberarzt das böse Wort ausgesprochen hat. Und dann noch: »Das ist doch nicht möglich!«

Sie taumelt, wird von einer Schwester zu einem Stuhl geführt und bekommt ein Glas Wasser. Auch der Puls wird ihr gefühlt. Der Patient und eigentliche Hauptdarsteller, den Lotte glatt an die Wand gespielt hat, kann sich unterdessen sammeln. Er nimmt sich vor, weiter den Gelassenen zu geben. Er hasst das Aufhebens, das man hier Tag für Tag um ihn gemacht hat. Mehr noch aber will er die eigene Angst verbergen.

Endlich Ruhe? *Nicht die Bohne*, würde Pony Hütchen wohl sagen, die ihm manches Mal einen Besuch abgestattet hat wie ein weiblicher Puck, während er durch nächtliche Schweißbäder ging und nicht genau wusste, ob er wachte oder träumte, und das keineswegs in einer Sommernacht, sondern mitten im tiefsten Winter. Tagsüber sehnte er sich nach seiner Schreibmaschine und fantasierte Szenarien, in denen er auf seinem Krankenlager munter auf sie einhackte, als sei nie etwas gewesen. Dichterurlaub im Krankenhaus. Das hätte ihm so passen können.

Er hat schon lange kein Kinderbuch mehr geschrieben. Dieser Wunsch beschleicht ihn immer häufiger. Spätestens seit sein Sohn geboren ist. Man denkt an das eigene zunehmend verbleichende Dasein und die Pflicht, dem Sohn, diesem späten Glück, etwas zu hinterlassen, das über Fotografien und Briefe hinausgeht, wenn er den bald Vierjährigen schon kaum sehen darf. Doch all diesem Sehnen, nach dem heimischen Arbeitszimmer gar, stellt sich der ärztliche Rat entgegen, dem er nun zu folgen hat.

»Ohne eine Kur in guter Luft und für lange Zeit werden Sie es nicht schaffen«, sagt der leitende Oberarzt streng zu ihm, selbstredend mit einer Faltenstirn, als dessen Entourage zur Abschlussvisite das Bett umringt.

Der beflissene Assistenzarzt fügt hinzu, als hätten sie es gemeinsam einstudiert: »Wir denken da ans Tessin. Im schönen Agra gibt es ein vorzüglich geleitetes Sanatorium auf dem *Collina d'Oro*, dem Goldhügel. Es hat schon manch prominenten Gast beherbergt, Herrn Bertolt Brecht zum Beispiel.«

Er erinnert sich des Kollegen aus Augsburg, den er wenig schätzt. Es überrascht ihn, dass ein Mediziner den Namen

Brecht überhaupt kennt, denn Mediziner hält er für eine Spezies, die der Blick über den Tellerrand zumeist nicht weiter schert. Ein Urteil, das er wohlweislich für sich behält. Dennoch kommt er nicht umhin zu sagen: »Das hat dem werten Herrn Brecht bekanntlich nicht viel genützt. Er weilt ja längst schon nicht mehr unter uns.«

Nach dieser Bemerkung schweigt man allseits für einen Moment, vielleicht betreten, vielleicht überrascht oder gar empört. Eine der Schwestern nur muss sich ein Lachen verkneifen, was allein er zu bemerken scheint. Er freut sich darüber, aber mindestens ebenso sehr über den Anblick ihres wohlgeformten Körpers.

Lotte, welche die ganze Zeit seine Hand eher zu fest gehalten hat, reißt die Situation in ihrer unnachahmlichen Art wieder an sich: »Da gibt es ja gar kein Überlegen, Herr Doktor. Wir sind überaus dankbar für Ihre Empfehlung. Selbstverständlich gehen wir dorthin.«

Dabei hat sie den blassen Gefährten im Krankenbett nicht angesehen, aber seine Hand umso fester gedrückt. Sie hätte sich als Schraubzwinge verdingen können.

Auf die Stirn des Patienten ist wieder etwas Schweiß getreten und der Ischiasnerv, dieser Teufel, grüßt ihn wenig freundlich, wie er es gerne tut, wenn es Unannehmlichkeiten zu ertragen gilt. *Wir* sind also dankbar und *wir* gehen *selbstverständlich* dorthin. Dem ist dann wohl nichts hinzuzufügen. Über wohlfeile Widerworte braucht er gar nicht erst nachzudenken. Man will natürlich sein Bestes, und jedermann außer ihm selbst weiß offenbar ganz genau, wie es definiert ist.

Und so ergibt er sich und blickt seiner Entsendung in die Verbannung mit einer Angst entgegen, die er selbstredend niemandem offenbaren wird.

Nun könnte er ein Schlückchen gebrauchen.

SPEISESAAL IM ABENDROT

Agra, Februar 1962.

Wenn er ganz still am großen Fenster des Speisesaals sitzt und sich nicht bewegt, nur auf den See sieht, der sich zwischen den weiß bedeckten Bergen nach links krümmt, spürt er fast nichts. Ruhig schlägt sein Herz. Er kann atmen. Und wenn er die Luft nur ganz vorsichtig in sich hineinlässt und wieder hinaus, kann er das Rasseln in seiner Lunge überlisten, das ihn auch während seiner nächtlichen Grübeleien heimsucht. Doch sobald er sich der Rede erinnert, die der Professor ihm beim Aufnahmegespräch gehalten hat, als dieser wohl erkannte, welch widerwilligen Patienten er da vor sich hatte, rasselt es gewaltig.

»Sie werden uns für eine ganze gute Weile beehren – aber das ist ja schön! Wir freuen uns über unseren prominenten Gast! Und Sie, Sie sollten sich ebenfalls freuen, denn nun haben Sie Zeit, wieder ganz der Alte zu werden. Hier werden Sie erstarken und gesunden. Willkommen in Agra! Willkommen in unserem Haus!«, frohlockte der Mann, klopfte seinem neuen Patienten immer wieder auf die Schulter und strahlte ihm ins blasse Gesicht.

Ganz der Alte. Er weiß gar nicht, ob er das noch einmal werden will. Eigentlich möchte er nur bald wieder zu Hause an seinem Schreibtisch sitzen, sinnieren, schreiben, rauchen, ein gepflegtes Getränk zu sich nehmen und von niemandem behelligt werden, der nichts Gutes mit ihm vorhat.

Immer wieder muss er nach den Zigaretten in seiner Sakkotasche tasten, nur um zu prüfen, ob sie noch da und nicht etwa herausgefallen sind und ihn verraten könnten. Er kommt sich vor wie ein Pennäler.

Hinter dem Haus oder auf einer Bank in einem nahen Tal könnte er endlich wieder die Sensation empfinden, wenn der Rauch seine Lungen füllt, er ihn dann wieder langsam aus Mund und Nase herausströmen lässt. Doch er weiß ja, mein Gott, er weiß, dass er es nicht soll und sich mit dem unweigerlich folgenden Hustenanfall nur selbst bestrafen würde. Das würde ihm eine Laune bereiten, in der er sich selbst nicht leiden könnte. Und weil er sich lieber leiden können will, übt er sich so lange im Verzicht, bis ihm der Ausflug in die Askese schlimmer aufs Gemüt schlägt als jeder Hustenanfall. Spätestens vor dem Zubettgehen wird er sich ans geöffnete Fenster seines Zimmers setzen und den Mond anrauchen. Er kann es eben doch nicht lassen und er will es auch nicht. Was soll man machen?

Irgendwann hat er sich am Panorama der bald verdämmernden Landschaft sattgesehen. Da taucht der *Collina d'Oro* in ein sanftes Rotgold ein, das sich bis in den Speisesaal ergießt. Zumindest diesen Augentrost lässt er sich gefallen. Es blickt sich schon erstaunlich erhaben in eine solche Weite.

Hier soll er nach diesem verfluchten Zusammenbruch samt Diagnose, die ihn erschüttert hat, gesunden. Er zweifelt aber, ob ihm das gelingen wird. Um sich einen Zustand der Genesung vorstellen zu können, fühlt er sich zu lange schon zu matt und zu müde. Ein älterer Herr, der genügend hinter sich und wohl nicht mehr viel vor sich hat, das ist er nun. Sein Spiegelbild beklemmt ihn schon seit einiger Zeit. Dort sieht er genau, dass seine Augen den blitzenden Glanz vergangener Tage verloren haben. Schlaff und grau geworden ist die Haut und im Gesicht haben sich rötliche Äderchen gebildet, die eines Don Juan kaum mehr würdig sind.

Man zieht Bilanz, betrachtet das Ergebnis und merkt, dass man das Bilanzziehen besser hätte bleiben lassen.

Noch nicht einmal die Liebe will ihm gelingen, aber gelungen ist sie ihm ja noch nie. Nicht die zu Lotte, nicht die zu Friedel, seinen Lebensfrauen 2 und 3. (Ilse, die erste große Liebe, hat einen gesonderten Ehrenplatz ohne Rang.) Mit jedem Tag, an dem er sich wieder nicht für eine der beiden entschieden hat, beschmutzt er sie nur noch mehr. Die eine betrügt er mit der anderen, der feine Herr Moralist. Das haben sie nicht verdient, wenigstens Friedel nicht, und er weiß es gut genug. Wie lange machen sie das wohl noch mit? Doch er kann nicht anders, weil er keine der beiden verlieren will, und dass weder Lotte noch Friedel ihn bislang verlassen haben, wundert ihn. Und es schmeichelt ihm auch.

Verließe ihn Lotte, wäre er endlich frei. Doch das wird sie nicht tun. Verlöre er jedoch Friedel, wüsste er nicht mehr gesichert, warum er weiterleben sollte. (Das fragt er sich ohnehin immer häufiger.) Was für ein verflixter, ein lebenslänglicher Schlamassel.

»Und daran bist du selber schuld«, verflucht er sich oft genug dafür.

Die Mama, die Nummer 1, ist seit über zehn Jahren tot, in ihm jedoch noch ausgesprochen lebendig. Weiß er, dass ihr ewiger Platz auf dem Siegertreppchen der Grund für sein Scheitern als Liebender ist? Mit beiden Händen hält sie Nummer 2 und 3 von ihm fern, das liebe, gute Muttchen, die Liebe seines Lebens, immer schon und immer noch.

Hinter sich hört er, wie man die Tische für das Abendessen eindeckt, auf das er aber einmal mehr keinen Appetit hat. Wenn er schon nicht rauchen kann, soll ein kräftiger Schluck aus der Flasche in seinem Kleiderschrank ein Trost sein. Dort hat er sie ganz weit nach hinten gestellt und davor seine Schals und den Hut kunstvoll drapiert. Der bis auf Weiteres beruhigende Vorrat an Whisky und Zigaretten liegt in einem eigens dafür verwendeten Koffer, der ganz unschuldig in der Ecke steht. Trotzdem muss er jedes Mal, wenn er zurückkehrt in sein Zimmer, das er insgeheim *Zelle* nennt, den Bestand überprüfen. Er traut den gestrengen Schwestern nämlich zu, dass sie die Zimmermädchen anweisen, nicht nur ihrem ursprünglichen Geschäft nachzugehen. Haben sie Anlass zu einem Verdacht, wird ihnen gegebenenfalls Meldung zu machen sein, die wiederum den Professor zu erreichen hätte. Nicht auszudenken, wenn der ihm in der nächsten Sprechstunde, den Triumph im Blick, eine selbstverständlich ausgeleerte Flasche oder sein Zigarettenetui präsentieren würde. Das wäre wohl ein Grund, wieder nach Hause fahren zu müssen. Da würde er sich lieber gleich von selber verabschieden, bevor man Gelegenheit hätte, ihn unehrenhaft zu entlassen beziehungsweise wegen groben Verstoßes gegen die Hausregeln hinauszukomplimentieren.

Unerfreuliche Schlagzeilen in der Heimat gilt es ja zu vermeiden. *Dichterfürst aus Sanatorium gewiesen*, könnten die Schmierfinken vom Boulevard schreiben, die Schande der Zunft, der er doch selbst einmal angehörte. Dann hätten sie ihn am Schlafittchen, dann wäre der Lack wohl ab vom großen Moralisten und verehrten Kinderbuchautor.

Aber ist er das denn noch? Man liest ihn ja schon weniger. Er kennt die Zahlen und zieht den Schluss: Die Deutschen brauchen ihn nicht mehr. Und die Kinder? Ach, die Kinder … Was hat ein älterer Herr ihnen denn noch zu sagen? Und er sagt oder schreibt ja auch kaum mehr etwas an ihre Adresse. Er lässt sie zusehends im Stich, seine lebenslange Lieblingsleserschaft.

So geht ihm buchstäblich die Luft aus, und mit ihr verschwinden auch die Worte, noch bevor sie den Weg aufs Papier gefunden haben. Die Hülle der Schreibmaschine, die oben auf dem schmalen Tischlein unweit des Betts steht, hat er noch gar nicht entfernt, seit er vor wenigen Tagen in Agra angekommen ist.

Er nimmt Gerüche aus der Küche wahr, die ihm nicht gefallen. So verordnet er sich noch etwas Zimmerzeit, bevor die Pflichtübung des Abendessens beginnt. Als er sich langsam am

Sims nach oben stemmt, um den Fensterplatz zu verlassen, verspürt er einen leichten Schwindel. Zum Glück weiß davon nur er selbst. Und niemand soll sehen, dass er beim Gang hinauf in sein Zimmer den Halt am Geländer benötigen wird.

Es sieht ihn auch niemand. Das Haus zeigt sich am späten Nachmittag so leer und still, als sei er dort allein. Und er wünschte, er wäre es auch. Na ja. Der große Schluck aus der Flasche hinter den Seidenschals und dem Hut und das immer noch wunderbare Brennen in der Kehle machen endlich alles etwas erfreulicher.

Die Tage in der Münchner Klinik waren schlimm im vergangenen Jahr. Und sie wurden erst besser, nachdem Lotte ihm ein schmales, elegant mit Leder ummanteltes Fläschchen mitgebracht hatte, das er in der Nachttischschublade deponierte. Sie war kundig genug gewesen, eine Packung Pfefferminzbonbons dazuzulegen, extra stark. Sie kennt sich aus mit der Vertreibung des Unwillkommenen. Auch um den Nachschub musste er sich nicht sorgen. Für das Enderlein, wie er sie insgeheim nennt, hätte er dies ebenfalls getan. Nicht viel mehr außerdem, aber das allemal.

»Na, alter Knabe«, sagt er, als er an seinem Spiegelbild am Waschbecken vorbeikommt, »ob du wohl noch mal auf die schmalen Beinchen kommst? Alle geben sich so viel Mühe mit dir, nur du selber nicht. Du gibst dir keine Mühe. Wenn da mal niemand dahinterkommt.«

Selbstgespräche führt er gerne. Er findet sie tröstlich und ungefährlich, weil ihm da niemand dreinreden kann. Höchstens er sich selbst.

Danach widmet er sich ausgiebiger Zahnhygiene zwecks der Vertreibung verdächtiger Ausdünstungen, bevor er den Gang zurück in den Speisesaal antritt. Dort wird er wieder einmal nichts oder kaum etwas essen, eine Portion Salat vielleicht. Immerhin zeigen will er sich aber, sodass niemand Verdacht schöpft, wie es tatsächlich in ihm aussieht. Glücklicherweise ist er gut geübt darin, sich nicht hinter die Fassade blicken zu lassen. Das fehlte noch.

ER IST'S!

Er muss es sein. Die junge Frau, eine Fabrikantentochter aus Wörth am Rhein, sieht ihn im Foyer, nur wenige Meter entfernt. Zwar trägt er einen Hut und einen Mantel mit hochgeschlagenem Kragen, doch als sie hört, wie die Dame am Empfang ihn mit seinem Namen anspricht, ist jeder Rest an Zweifel verflogen. Ihr ist, als schwanke der Boden unter ihren Füßen. So tastet sie nach einem Stuhl, der hinter ihr steht, und lässt sich langsam darauf nieder. Währenddessen kann sie den Blick nicht von ihm wenden, ja, von *ihm*, dessen Gedichte sie liebt wie keine anderen sonst und von dessen Romanen sie gelebt und sich an ihnen gelabt hat, seit sie lesen kann.

Dank des Aufenthalts auf dem Goldhügel hat sich die junge Frau von einer schweren Pneumonie beinahe in Gänze erholt. Nun durchströmt sie ein pures Glücksgefühl, das ihre Lungen neu belebt. Er ist wirklich hier!

Ein Karussell an Gedichten beginnt sich in ihrem Kopf zu drehen. Sie könnte jedes davon augenblicklich aufsagen und wüsste dennoch nicht, welches am geeignetsten wäre, so sie ihn mit einem solchen ansprechen und begrüßen wollte. Doch schon im nächsten Moment sinkt ihr Herz: Ihn ansprechen und begrüßen? Einfach so? Wie könnte sie? Sie ist eine Tochter aus gutem Hause, dem wohl bekannt ist, was sich gehört. Dann wiederum weiß sie nicht, wie sie es ertragen sollte, ihn hier zu wissen, ohne wenigstens einmal seine Nähe zu suchen und ihm zu danken für unzählige Stunden des Glücks, die er ihr mit seiner Dicht- und Fabulierkunst beschert hat. So nahe wird sie ihm wohl nie wieder kommen.

Es wird nicht mehr lange dauern, bis sie die Heimreise antreten muss, und sie weiß schon jetzt, dass sie jede noch übrige auf dem Goldhügel zugebrachte Sekunde mit sich ringen wird, ob sie ihn weiter still verehren oder behelligen soll. Letzteres brennt nun in ihr als Sehnsucht, doch dann versteht sie, und es wird ihr schwer zumute: Der Dichter ihres Lebens ist nicht etwa zu einer Lesung hier, sondern als Patient.

In diesem Moment nimmt er seine schwarz umrandete Brille ab, schenkt der Dame an der Rezeption ein Lächeln, das die junge Frau sofort eifersüchtig macht, tippt sich zum Abschied an den Hut und wendet sich zum Gehen.

Da sieht er sie auf dem Stuhl und hält inne. Die junge Frau hält die Wangen mit ihren Händen bedeckt, um sie zu kühlen.

Er sieht blass und müde aus. Von den Porträts auf den Büchern, die sie immer wieder heimlich geküsst hat, kennt sie ihn anders. Doch sein Blick wird wach, als er sie durch seine Brille betrachtet, als kenne er sie, wisse aber nicht, woher. Sie hingegen ist fast einer Ohnmacht nahe. Zugleich hat sie nun Gewissheit, dass es ihr unmöglich sein wird, bis zu ihrer Abreise zu schweigen.

Vielleicht ließe sich ja eine Möglichkeit finden, an seinen Tisch im Speisesaal zu wechseln. Wenn sie allen Mut zusammennähme, könnte sie die Servierdamen danach fragen. Ihrer bisherigen Tischgesellschaft ist sie ohnehin überdrüssig.

War es ein Lächeln, das sie für einen Augenblick auf seinen Lippen gesehen hat? Hat der Dichter es nun auch ihr geschenkt?

Als er weitergeht, bemerkt sie seinen schweren Schritt.

DER BLICK FÜRS WESENTLICHE

Seine kleine Tischgesellschaft weiß er vortrefflich zu unterhalten. Dabei holt er noch einmal den ganzen Charme vergangener Tage hervor. Mit einem gewissen Vergnügen sieht er dann, wie die Dame zu seiner Rechten, die Gattin eines Richters a. D. aus Bad Oldesloe, auf seine Komplimente mit einem so vorsichtigen Lächeln reagiert, als könnte sie dabei ertappt werden. Man erkennt einander, denn sie ist, wie er, Mitglied des Tuberkulose-Clubs und hüstelt immer wieder in ihr stets gezücktes Seidentuch hinein, den Kopf geneigt, als habe ihr das unangenehm zu sein. So lobt er ihre hübsche Brosche, von der er sagt, sie müsse von Lilienhänden gefertigt worden sein, weil sie der Frau des Richters a. D. so viel Anmut verleiht.

Zu seiner Linken sitzt doch tatsächlich seit heute das Fräulein vom Foyer, von Nahem betrachtet ein junges Ding von vielleicht zwanzig Jahren. Das findet er höchst erfreulich. Bis gestern hatte noch ein älterer Herr den Platz gewärmt, der kuriert abgereist ist.

Es ist ihm nicht entgangen, mit welch ungläubigem Blick seine junge Tischnachbarin ihren Sitz eingenommen hat, und es entgeht ihm auch nicht, wie sie ihn seitdem wieder und wieder von der Seite ansieht. Und es ist auch nicht zu übersehen, wie interessiert sie ihm zuhört, wenn er nun von jungen Jahren erzählt, als er ein toller Hecht, ein lebensfroher Kerl war.

»Diese Geschichten lassen so wunderbare Bilder in mir entstehen, ganz wie beim Lesen«, bricht es aus der jungen Frau heraus, als er von den Berliner Cafés der Zwanziger erzählt und dabei wohlweislich diejenigen Episoden ausspart, die sich vorzugsweise nach Anbruch der Dunkelheit ereignet haben.

»Das freut mich«, entgegnet er als Versuch, keinen eitlen Eindruck zu erwecken.

Doch dann sieht dieses erstaunliche Fräulein ihn an, wie ihn schon lange kein weibliches Geschöpf mehr angesehen hat, und sagt keck: »Man hätte Sie schon damals kennen mögen.«

»Ich weiß nicht, ob man sich das wünschen sollte«, wendet er ein und versucht, die Bilder längst vergangener Sünden sogleich wieder aus seinem Gehirn zu verscheuchen. Es gelingt ihm nur leidlich.

»Wer kann schon genau wissen, was ich mir wünsche«, erwidert die junge Frau.

»Seien Sie vorsichtig mit Ihren Wünschen, bevor sie am Ende noch in Erfüllung gehen«, rät er ihr und vermeidet dabei, dem Blick der Richtersgattin zu begegnen.

Als die junge Dame ihm sagt, dass sie sein Werk fast vollständig kennt, fällt es ihm nicht leicht, zu verbergen, wie sehr ihm all diese unverhoffte Zuneigung schmeichelt. Dass gerade sie beide nun an diesem Tisch zusammensitzen, hält er kaum für einen Zufall, denkt aber auch nicht weiter darüber nach. Vielmehr beschäftigen ihn die Grübchen, die sich auf den Wangen der jungen Frau bilden, wenn sie lächelt, und eigentlich lächelt sie die ganze Zeit, vor allem, wenn er zu ihr spricht. Wie von selbst wandert sein Blick aber auch zu den Wölbungen ihrer Brüste. Sein Magen wird ihm dabei auf angenehme und wohlvertraute Weise flau. Viel hat sich zuletzt für ihn eingetrübt, nicht aber der Blick fürs Wesentliche.

Die junge Dame greift sich währenddessen immer wieder mit sanften Bewegungen ins Haar. Wie sie mit geneigtem Haupt ihre Steckfrisur zurechtrückt und dabei den Dichter heimlich von unten ansieht, lässt ihn nicht kalt. Und er stellt fest, dass er auch ihr ein bisschen gefallen will, sogar ein bisschen mehr, als ihm lieb sein kann.

»So geht es eigentlich nicht, alter Knabe«, sagt er im Stillen zu sich. »Oder geht es vielleicht genau so?«

Kurz nur gleitet sein Blick vom Fräulein ab und schwenkt, nun recht ermuntert, nach rechts. Als er jedoch ein Misstrauen in den Augen der Richtersgattin bemerkt, kehrt er zurück zu harmlosen Anekdoten rund um das Journalistenleben und umschifft allzu Persönliches elegant. Er hätte auftrumpfen können, doch die Zeiten, in denen er das tat und damit erfolgreich war, sind lange vorbei.

Froh ist er auch, dass die beiden Damen entweder nicht kundig genug sind oder ausreichend Benimm haben, um nicht etwa nach dem *Nachtgesang*-Skandälchen zu fragen. Seinerzeit hatte man ihm bei der *Neuen Leipziger Zeitung* wegen der angeblichen Anstößigkeit dieses Gedichts gekündigt, nur weil darin ein lyrisches Ich eine Gespielin *wie ein Cello* zwischen die Knie nehmen will (und sie hatten die *tatsächlich* frivole Version, wie sie ihm vorgeschwebt hatte, noch nicht einmal gekannt). Diesen Schwank gäbe er allenfalls in einer so zigarrenrauchvernebelten wie vertrauenswürdigen Herrenrunde zum Besten.

Er strengt sich also an, denn solange er die Konversation zwischen ihm und den Damen lenkt, ja, geradezu bestimmt, was ihn, den sonst so Zurückhaltenden, an sich selbst erstaunt, bemerken sie nicht, dass er währenddessen kaum etwas zu sich nimmt. Und solange er den Unterhalter gibt, kann er auch nicht nach seinem werten Befinden gefragt werden, zumal er darauf nichts Brauchbares antworten könnte, außer vielleicht *bescheiden*, und damit würde er die Wahrheit allenfalls andeuten. »Ein Mann gibt *keine* Auskunft, müsste es wohl fortan heißen«, dachte er jüngst und lächelte säuerlich über seinen eigenen, eher dürftigen Scherz. Über das Leibliche spricht er allenfalls mit dem Professor, und auch das nur, weil es unausweichlich ist.

Er sieht im Speisesaal umher, der gut gefüllt ist mit lauter bedauernswerten Leuten. Alle sind sie, teils voller Hoffnung auf endgültige Heilung, teils verzagt und entsprechend kurzatmig, hierher gereist und bilden nun eine Zwangsgemeinschaft, die, bei aller Liebe, doch nicht nur ihm sehr suspekt sein muss.

Einige Tische weiter sitzt manchmal ein noch viel älterer Herr als er, der ihn mit der runden Brille und dem weichen Gesicht an Emil erinnert, der sein Vater war (und auch wieder nicht, denn sein leiblicher Vater war wahrscheinlich ein anderer). Er speist mit einem anderen Herrn am Tisch, dunkelhaarig und mit blassem Teint, der einem gewissen Settembrini, dem Humanisten aus dem »Zauberberg«, äußerlich gleicht, jedoch keineswegs wie dieser wirkt, denn jene erloschene Erscheinung macht den Eindruck, als sei sie längst nach innen emigriert. Die beiden Tischnachbarn sprechen nicht miteinander. Ein trauriger Anblick.

Er muss immer wieder zu dem alten Herrn hinsehen und hofft, dabei nicht aufzufallen. Die lebenslange Ferne zu seinem Vater in ihrer kleinen Notgemeinschaft, in der er an der Seite der Mutter stand, als sei *er* ihr Mann, ist bis heute ein stiller Schmerzensknoten in seiner Brust.

Gesprochen darüber haben sie nie, auch nicht nach dem Tod der Mutter, der Liebsten, der Emil nur wenige Jahre später folgte, nie darüber, dass er sich mit der Rolle des allenfalls geduldeten Zuschauers in dieser Innigkeit zwischen Mutter und Sohn begnügte. Und auch darüber nicht, dass er vielleicht gar nicht von diesem stillen, schweigsamen Mann abstammte, sondern vom Hausarzt, dem Freund der Familie. So oder so: Der Emil-Vater blieb der ewige Dritte.

Seinen Salat hat der prominente Patient einigermaßen freudlos verspeist und verspürt sogleich die Säure der Vinaigrette aus dem Magen zurück in die Speiseröhre steigen. Er hätte es lassen sollen. Oder auf das etwas erfreulichere Dessert warten. Andererseits will er so lange ja auch nicht sitzenbleiben.

Den zeitlebens Getriebenen treibt es jetzt nur noch in sein Zimmer, denn sein Gemüt hat sich verdunkelt. Ihm ist nach einem Schlückchen. Also knipst er noch einmal sein galantes

Lächeln an und verabschiedet sich: »Die Ruhe ruft. Sie entschuldigen mich.«

»Schon?«, ruft die junge Frau aus, und zwar lauter, als sie offenbar gewollt hat, denn er sieht, wie sie sogleich den zarten Mund mit der Hand bedeckt und sich ihre Wangen schon wieder färben. Sein Reservoir an Geschmeicheltsein ist für diesen Tag jedenfalls gut gefüllt.

Die Richtersgattin fasst das Fräulein an der Schulter, als habe sie es zu beschwichtigen. Dabei wirft sie ihrem Tischherrn einen Blick zu, in dem er deutlich Tadel erkennt, als habe er etwas Unschickliches getan. Am Nachbartisch wendet man bereits die Köpfe.

So bleibt ihm nur noch, eine Verneigung anzudeuten und sich zu empfehlen. Als er sich zu einem weiteren Gruß umdreht, entgeht ihm nicht, wie die junge Dame ihm sehnend nachsieht, und für einen Moment, der ein bisschen zu lange dauert, hält er dem Blick der jungen Frau stand, bis diese das kleine Schauspiel von selbst beendet, indem sie die Augen niederschlägt. Das enttäuscht und erleichtert ihn zugleich.

Kurz bevor er den Saal verlässt, sieht er noch einmal zu dem alten Herrn hinüber, der seinen Blick einfängt und erwidert. Er lächelt ihn so freundlich an, wie der Emil-Vater es immer getan hat. Das versetzt ihm einen Stich, doch er weiß die Contenance zu wahren und nickt ihm zu, bevor er die Tür hinter sich schließt.

»Na, na, mein Lieber«, hört er eine Stimme, kaum hat er den Fuß auf die erste Treppenstufe gesetzt. Er kennt diese Stimme wohl. Es ist der Professor, stets auf fast enthusiastische Weise bemüht, dem prominenten Patienten mit Optimismus und aufmunternden Worten zu begegnen. »Gibt es Klagen über die Küche, dass Sie das Abendessen schon so früh verlassen wollen?«

Er kennt die vielen Variationen, wie man Wahrheit und Lüge vermischen kann, nur zu gut und antwortet in vermeintlicher Ruhe: »Oh, keineswegs, der Salat war wieder vorzüglich. Etwas sauer angemacht vielleicht.«

»Na, sehen Sie«, ruft der Mediziner aus, wie so oft etwas zu laut, »es gibt also doch eine Klage. Das muss ich der Küche gleich mitteilen. Diese modernen sauren Salatsaucen sind aber auch eine Unsitte. Sie sollen wieder etwas Zucker beigeben, dann werden sie bekömmlicher.«

»Oder etwas Honig und Senf darin vermengen«, schlägt der Patient schnell vor und hofft, den Professor nun erfolgreich von der Tatsache abgelenkt zu haben, dass er wieder mal nur gegessen hat wie ein Spatz. Außerdem drängt es ihn nach oben.

»Etwas Senf und Honig, sagen Sie …«, sinniert der Professor vor sich hin. »Das ist eine prächtige Idee, mein Lieber«, bricht es dann aus ihm heraus, »darauf muss man erst einmal kommen! Immer noch ganz der Feinschmecker, nicht wahr?«, ruft er zur Verwunderung seines Gegenübers aus, denn dieser findet eine solche Beschreibung auf sich selbst kaum zutreffend.

Der Professor begleitet seinen Ausruf mit diesem unnachahmlichen krachend-barocken Lachen, und daran hat der Dichter durchaus Gefallen, wenn auch nicht ohne eine Spur von Neid auf so viel selbstverständliche, unerschütterliche Vitalität. Wenn man einmal so lachen könnte …

»Ja, sicher, ich habe schon passabel gelebt«, antwortet der Fluchtbedürftige mit einem lediglich schmalen Lächeln, schon halb zur Treppe gewandt. »Aber wenn Sie mich jetzt entschuldigen …«

»Selbstverständlich, selbstverständlich, mein Lieber!«, dreht der Professor noch weiter auf. »Sie werden ruhen wollen. Gehen Sie nur und schlafen Sie den Schlaf der Gerechten. Ruhe ist das Beste für Sie!«

Und endlich ist er frei, denn im nächsten Moment wendet sich der Professor einer der Küchenbediensteten zu, die nur eben an ihm vorbeihuschen will, doch das gelingt ihr nicht, denn der Mediziner ist immer auf Empfang, stets darauf bedacht, niemanden zu übersehen und für alle ansprechbar zu sein. So kann er entwischen, obwohl er auch diesmal den Halt am Geländer benötigt, um einigermaßen anständig nach oben zu gelangen. Doch das sieht der Professor zum Glück schon nicht mehr.

IN DER ZELLE

Er sitzt auf der Bettkante, er weiß nicht, wie lange schon. Zuvor hat er sich etwas vom ersehnten goldbraunen Trost in das ausgespülte Zahnputzglas gegossen, nur ein wenig Wasser hinzugegeben und zwingt sich nun, das Fräulein aus seinen Gedanken zu vertreiben.

So denkt er an den alten Herrn im Speisesaal, den Emil-Wiedergänger. Immer hat er sich gewünscht, selbst einmal ein guter Vater für einen Jungen zu sein. Nun ist er ein Vater. Im Großvateralter.

Da trifft es sich gut, dass nicht er es ist, der das Familienglück mit Friedel und dem Kind verhindert, sondern dass eben Lotte die Schuld daran trägt. Sie gibt ihn nicht frei. Diese Großzügigkeit bringt sie nicht auf. Doch er verdankt ihr so vieles, und nun hat sie ihn eben in der Hand. Er opfert sich ihr, die sie ihn auf eine so unerbittliche Weise liebt und genauso hasst, was ihn regelmäßig so verstört wie hilflos macht. Sie liebt ihn, obwohl sie fühlen muss, dass diese Liebe immer einseitiger geworden ist mit den Jahren. Er verdient ihre Liebe nicht, aber vielleicht als Strafe für all seine Schritte abseits des gemeinsamen Weges ihre Anfälle von Empörung, Wut und Verzweiflung.

Deprimiert raucht er die erste Zigarette des Tages, endlich, vergisst dabei sogar, das Fenster zu öffnen, muss nur anfangs einen Hustenreiz unterdrücken, trinkt einen Schluck, schenkt sich ein weiteres Mal ein, denn er will ja auch die nahende Nacht überstehen, und könnte heulen. Aber der Konjunktiv in dieser Sache ist fest in ihm eingemauert, denn heulen kann er nicht, schon lange nicht mehr. Als sein liebes, gutes Muttchen starb, ist die Flut bedrohlich in ihm aufgestiegen, aber er konnte sie mittels eines Deckels aus Selbstbeherrschung, den er schnell fest verschraubt hat, noch gerade so nach unten drängen und ließ dafür die wenigen anderen weinen. Die Sonnenbrille, das Standardutensil vieler Trauernder, hatte er am Tag der Beisetzung nur aufgesetzt, um seine eben nicht geröteten Augen zu verbergen.

Innen war er damals freilich wie versteinert, und geändert hat sich daran bis heute nicht viel.

Als Friedel ihm erzählte, dass sie ein Kind von ihm erwarte, war er noch einmal den Tränen nahe gewesen. Aber angesichts ihrer Tränenmenge beschloss er in jenem Moment, selber keine vergießen zu müssen.

Er weint nicht mehr, seit er sich vor langer Zeit schon dazu entschlossen hat, so grundsätzlich wie unumstößlich tapfer zu sein wie ein Martin Thaler oder ein Jonathan Trotz, und es wäre ja auch noch schöner, wenn er ausgerechnet als alter Knabe wieder damit anfinge.

Draußen ist es dunkel geworden. Er sinkt auf sein Bett zurück und lässt endlich zu, was er sich den ganzen Abend lang versagt hat. Wenn sich Gefühle zu viel Raum in ihm nehmen, ist der Gedanke an eine Frau eine verlässliche Ablenkung. So war es schon immer, und so denkt er doch wieder an die junge Dame und erinnert sich an Zeiten, in denen er keinen Moment gezögert hätte, alles zu tun, um sie zu besitzen. Es wäre ihm vermutlich auch gelungen. Will er, dass es ihm noch einmal, vielleicht ein letztes Mal gelingt? Er wagt nicht, sich diese Frage zu beantworten. Lieber stellt er sich den reizenden Anblick vor, wie sanft sich die Brust des Fräuleins hebt und senkt, wenn es spricht und ihn dabei so ansieht, wie es das besser unterließe.

Fast wäre er dabei eingeschlafen, die brennende Zigarette in der Hand. Das hätte was gegeben.

AUF DEM EIS

Noch vor dem Dessert ist die junge Frau, ohne sich etwas über-
zuziehen, in den kleinen Park geflohen, weil sie so aufgewühlt
ist. Ein Schwarm daheimgebliebener Vögel nimmt ihre
Erregung auf, stiebt auseinander und in den angedunkelten
Himmel.

Sie geht im Dämmerlicht ein paar Schritte auf dem schmalen Weg und weiß nicht, wohin sie will. Dass der Schriftsteller
hier ist, von dem sie jedes Buch hat … Es muss eine Bedeutung
haben. Als er vorhin den Saal verließ und dabei, obwohl er
lächelte, so wunderbar melancholisch aussah, wäre sie ihm am
liebsten gefolgt, wohin auch immer. Die Gedanken sind
bekanntlich frei.

Es ist nicht mehr viel Zeit, die sie auf dem Goldhügel ver-
bringen wird. Hier draußen merkt sie, dass sie besser atmen
kann, vielleicht besser denn je, und ihr immer noch laut po-
chendes Herz ist ihr kein Schrecken, pocht es doch vor Lebendigkeit und zurückkehrender Kraft. Sie sieht ins Tal hinab, in
dem die ersten Lichter leuchten, und fühlt eine noch nicht
gekannte Gewissheit in sich emporsteigen.

In ihr drängen sich nun die Worte, und plötzlich hört sie
sich in den Abendhimmel sagen: »*Er* ist es, für den ich vollends
gesund werden will.« Sie sagt es halblaut, wie um sich selbst zu
beschwören, und fasst weiter Mut. Sie atmet tief ein, spürt, wie
sich dabei ihr Brustkorb dehnt, und spricht etwas lauter in die
Weite des Tals: »*Er* ist es, den ich auf ewig im Herzen tragen
will, selbst wenn ich dieses Geheimnis für immer bewahren
muss. Aber dass er hier ist und dass ich es auch bin, hat gewiss
der Himmel gemacht.«

Gerührt vom eigenen Schwur, beschließt sie, diesen noch am selben Abend ihrem Tagebuch anzuvertrauen und nie wieder zu vergessen.

Da hört sie eine bekannte Stimme hinter sich. »Mein liebes Kind, was reden Sie denn da?«, ruft die Richtersgattin, die am Terrasseneingang steht, ihr zu. »Und was tun Sie in dieser Eiseskälte, so ganz ohne Mantel? Sie werden sich den Tod holen.«

Sie friert keineswegs, ganz im Gegenteil, sie brennt.

»So wird man Sie nicht bald entlassen können«, mahnt die Richtersgattin weiter und hält ihr den eigenen geöffneten Pelzmantel entgegen. »Kommen Sie nur«, ruft sie.

»Ich habe schon eine Mutter«, denkt die Angesprochene, »und ich möchte jetzt allein sein.«

Trotzdem lässt sie es zu, dass die Richtersgattin sich ihr nähert und ihr den Mantel um die Schultern legt.

»Na, sehen Sie, so ist es doch besser«, sagt die alte Dame und klingt dabei überraschend warm, so warm, wie die Mutter niemals hätte klingen können. Ihre Gegenwehr ist damit erloschen. Sie lässt sich in diese Fürsorge einhüllen und folgt der alten Dame, die sich bei ihrer jungen Tischgefährtin untergehakt hat, ohne dass diese sich hätte dagegen wehren können.

Vorbei ist mit einem Mal die Erregung, in der sie sich eben noch befand. Doch was sie behält, ist der neu gewonnene Mut, vielleicht bald etwas zu tun, von dem sie selbst noch nicht weiß, was es sein wird.

Im Haus führt die Richtersgattin ihren auserkorenen Schützling zu einer Bank im Foyer. Sie nehmen Platz und schweigen eine Weile.

Die junge Frau möchte gehen und bleiben zugleich. Da greift die alte Dame nach ihrer Hand, sieht sie mit festem Blick an und sagt: »Mein liebes Kind, ich sehe es in Ihren Augen. Es mag nicht so scheinen, doch ich kann mich ganz gut an Ihr junges Alter erinnern und daran, welche Flausen man sich so in den Kopf setzen kann.«

Die auf diese Weise Angesprochene sieht aus, als höre sie aufmerksam zu, und denkt dabei umso mehr an *ihn* und diesen Blick, von dem sie noch immer zehrt.

»Davor möchte ich Sie bewahren. Vergeuden Sie Ihr junges Leben nicht. Man muss auch vergessen können«, fährt die Richtersgattin fort, um plötzlich zu zögern und nach dem richtigen Wort zu suchen: »Sie werden … Sie werden all das bald vergessen haben.«

Die junge Frau lässt die alte Dame reden und hätte genügend Widerworte parat, aber sie schweigt, um die Höflichkeit zu wahren.

Doch dann setzt die Richtersgattin zu etwas Bemerkenswertem an: »Ich sehe es vor mir. Im Moment nähern Sie sich einem vereisten See und haben den romantischen Traum, ihn zu überqueren, als wäre es nichts. Ich weiß aber, dass Sie nur zu bald an eine Stelle gelangen werden, an der das Eis Sie nicht mehr tragen wird. Gehen Sie also nicht aufs Eis, mein Kind. Bleiben Sie am Ufer.«

Sie fühlt sich ertappt, ist aber auch sofort begeistert von diesem Bild und stellt sich die Eisfläche vor, stellt sich vor, wie sie mit dem großen Schriftsteller Hand in Hand darüber geht, ihm dabei die ganze Zeit in seine schönen traurigen Augen blickt, hört, wie das Eis erst knackt, dann knirscht und sie beide endlich gemeinsam und lautlos nach unten sinken und nie wieder auftauchen. Die Gedanken sind frei, auch bittersüße wie diese.

Davon verrät sie ihrer Anstandsdame freilich nichts, sondern nickt widerspruchslos zu deren Ermahnung, wie sie dies als höhere Tochter ja gelernt hat. Ein Nicken, um zufrieden- und ruhigzustellen.

»Wir wollen nun auf unsere Zimmer gehen und ruhen«, sagt die Richtersgattin, und es klingt mehr wie eine Anweisung denn wie eine Empfehlung.

Doch auch diese befolgt der Schützling, um die Anstandsdame nicht weiter zu beunruhigen. Wie sollte diese auch ahnen, dass sie keinen Einfluss auf sie haben kann? Sie ist nun erwacht und will leben. Das Tagebuch wartet außerdem.

SONNENBAD MIT FRÄULEIN

Am anderen Morgen, gleich nach dem Frühstück, zeigt sich eine vorsichtige Sonne am sonst opaken Himmel. Man hat den prominenten Patienten deshalb für die Liegekur stramm in Wolldecken gepackt und vor dem Haus aufgebahrt. So muss es jedenfalls aussehen, fürchtet er. Immerhin kann er auf diese Weise schon einmal üben, um im Ernstfall einen würdigen Leichnam abzugeben. Man weiß ja nicht, wie kurzfristig man es brauchen kann, schmunzelt er in sich hinein, erschrickt aber auch über seinen Gedanken. Beinahe hätte er sich wieder mal mit dem eigenen Humor erschlagen.

Er soll die gute, aber noch eisige Luft und das Vitamin D, das die Sonnenstrahlen angeblich transportieren, in sich aufnehmen. Der Professor besteht darauf. Na ja.

»Genießen Sie, mein Lieber, genießen Sie das Ruhen und das Atmen!«, hat der Professor mit ausladenden Gesten versucht, ihn zu motivieren.

Er fügt sich also, auch wenn er die Langeweile auf der Liege fürchtet und mehr noch das Gedankenkarussell, das sich mit schöner Verlässlichkeit in ihm zu drehen beginnt, wenn ihm Ruhe und Nichtstun verordnet werden. Der Blick in den kleinen Park voller Magnolien, Zypressen und Kamelien ist ja ganz hübsch, aber auch nicht gerade abendfüllend, wie man so sagt.

Er wendet den Kopf nach rechts und sieht nicht ohne Freude, dass direkt neben ihm das junge Fräulein soeben in Decken eingewickelt wird. Dieses fragile und doch so lebendige Geschöpf.

Bei genauerer Betrachtung stellt er fest, dass das Fräulein auf seine ganz eigene Weise apart ist. Ausgestattet mit ebenmäßigen

Zügen, kräftigen Augenbrauen, diesem kleinen geschwungenen Mündchen und eben diesen wunderbaren Grübchen ist es eine überaus erfreuliche Erscheinung. Nur das undefinierbare Blond der erneut hochgesteckten Haare fällt dagegen ein wenig ab, vielleicht. Er weiß genau, dass er nur nach Gründen sucht, diese junge Frau etwas weniger anziehend finden zu können.

Die Phrase, dass eine wie sie seine Enkeltochter sein könnte, findet er seit jeher ärgerlich. Gibt es keine fantasievollere und nicht gar so abgedroschene Beschreibung für das Verhältnis zwischen zwei Menschen, und, bitte schön, eine, die weniger moralinsauer ausfällt? Er hat genügend Herren vorgerückten Alters gekannt, die sich aus leicht durchschaubaren Gründen in eine solche Affäre gestürzt haben. Er selbst eingeschlossen. Meistens ging das nicht gut aus, aber solange es währte, hatten doch immer beide etwas davon.

Dann hält er das Gedankenkarussell an, denn er kommt hier noch auf den Hund, wenn sich sein Vergnügen auf den heimlichen Konsum von Whisky und Zigaretten beschränken soll. Also versucht er, ein erstmals aufrichtig erhofftes Gespräch mit der jungen Frau zu eröffnen: »Dieser Anblick«, spricht er in die feuchte Luft und deutet mit dem Kopf auf den kleinen Park, der vor ihnen liegt, »hätte Adam und Eva zur Ehre gereicht. Stattdessen liegen nur wir beiden hier, noch dazu in einer Zwangsjacke.«

Vielleicht treffen diese Worte ihren Humor nicht ganz, so sie überhaupt einen solchen ausgebildet hat, und etwas frivol sind sie ja auch, aber sie lächelt ihn an und sagt: »Ja, das ist wohl richtig. Man hat mich tatsächlich ein bisschen zu fest eingewickelt. Ich bekomme kaum noch Luft, dabei soll ich doch hier draußen besonders tief atmen, nicht wahr?«

Ihm gefällt die Unkompliziertheit, mit der sie sich ausdrückt. Zu fest eingewickelt oder nicht, auf der Liege wirkt sie freier und offener als in der Gegenwart der anderen Tischdame im Speisesaal.

Für eine Weile blicken sie schweigend auf das Tal und den Lago. Nur wenige Wolkenschlieren verdecken noch die Sonne, die den Hügel bald wieder verzaubern und seinem Namen alle Ehre machen wird. Er kann sich eines Lächelns nicht mehr erwehren und fühlt sich in diesen Tagen zum ersten Mal recht behaglich. Noch nicht einmal an Friedel denkt er in diesem Augenblick, und an Lotte erst recht nicht.

Nun verspürt er die Lust, noch etwas kühner zu werden. »Ich würde Sie gerne aus Ihrer misslichen Situation befreien, aber wir wollen ja keinen Ärger mit den Schwestern bekommen, oder?«, wagt er sich ein Stückchen weiter vor. Für eine Vorstellung dieser Befreiung steht ihm genügend Fantasie zur Verfügung, also wehrt er sich nicht gegen die Bilder, die in seinem Kopf entstehen.

Das Fräulein sagt mit einem Lächeln in der Stimme: »Nein, das wollen wir nicht. Aber vielen Dank für das freundliche Angebot.«

Obwohl er weiß, dass sie so etwas arg Diplomatisches sagen muss, verspürt er leise Enttäuschung und könnte sich dafür verfluchen.

»Dann wollen wir doch besser ein paar tiefe Atemzüge nehmen«, empfiehlt er, ohne sich von seiner Enttäuschung etwas anmerken zu lassen, »auf dass der Professor auch zufrieden mit uns ist. Man kann die Decken ja ein wenig lockern.«

Darauf sagt das Fräulein erst einmal nichts, und das muss es auch nicht. Er weiß durchaus, dass er sich mit derlei subtilen Anzüglichkeiten in Gefahr bringen kann. So hofft er, dass sie die Frivolitäten entweder nicht als solche erkennt oder sie souverän ignoriert. Ein bisschen mehr hofft er allerdings auf Letzteres.

»Darf ich Ihnen eine persönliche Frage stellen?«, sagt sie plötzlich etwas leiser.

»Ich fürchte mich nicht vor persönlichen Fragen«, lügt er sie freundlich an, »immer zu.«

Möge sie ihm nur nicht zu sehr auf die Pelle rücken, denn auf dem Sockel will der Verehrte selbstverständlich verbleiben.

»Wie wahr sind Ihre Gedichte?«, will sie dann wissen und sieht dabei auf fast rührende Weise ernst aus. Auch das zieht ihn an. »Sprechen Sie immer selbst aus Ihren Versen? Erfahren wir etwas über Sie als Mensch, wenn wir sie lesen?«

Nun dreht sich das Fräulein mühevoll unterhalb der Decken zu ihm. Er selbst liegt hingegen stoisch auf dem Rücken, spürt mehr, dass sie ihn direkt ansieht, spricht in den Morgenhimmel hinein und würde seine junge Nachbarin auch lieber nicht ansehen wollen, als er sagt: »Das ist eine ausgesprochen mutige Frage, junge Dame.«

Schon wieder muss er sie anschwindeln, denn eigentlich geht ihm diese Frage schon seit langer Zeit unendlich auf die Nerven. Sie wurde ihm zu oft gestellt und er findet sie ausgesprochen dämlich und obendrein naiv. Als ob es darum gehe, wie viel vom Poeten in dessen Werken steckt. Aber vielen geht es offensichtlich genau darum, muss er immer wieder achselzuckend konstatieren. Sie wollen die Sensation und das Intime. Die Schönheit, das Ästhetische der Verse, vor allem aber, was sie sagen und lehren wollen, nehmen solche Menschen allenfalls als Goldrand wahr. Oder gar nicht. Dieses junge Ding unterscheidet sich offenbar nicht von ihnen, stellt er nun fest. Was hätte er auch anderes erwarten dürfen?

In ihm breitet sich eine Ernüchterung aus, die dem ersten Whisky vor dem Frühstück, den er benötigte, um dieses überhaupt herunterzubringen, so gar nicht entspricht.

Was wäre dem Fräulein nun zu antworten? Sollte man weiterflunkern und sich heimlich in die kühle Verachtung zurückziehen? Immerhin spricht er mit einer jungen Dame, die seine Werke verehrt und möglicherweise auch ihn selbst. Er ertappt sich jedenfalls dabei, weiterhin auf das Letztere zu hoffen. Nach all dem Irrsinn, den ihm Lotte zuletzt geboten hat, all den Verwerfungen und Verfolgungen, die an seinen Nerven rüttelten, nur weil sie es nicht ertrug, nicht seine Einzige zu sein, und weil er mit Friedel einen Sohn hat, tut ihm die Leichtigkeit der Jugend in Gestalt des Fräuleins wohl. Dieses zarte Wesen mit einer abfälligen Antwort gar vor den Kopf zu stoßen, würde ihm einiges abverlangen.

Doch manchmal muss man nur lange genug warten, denn nach seiner Pause, die sie mit dem Versuch, gleichmäßig zu atmen, verbracht hat, spricht die junge Frau wieder von selbst weiter, und er lässt sie gewähren. Man hat ja sonst nichts zu tun.

»Sie müssen ein wunderbarer Vater sein«, fährt sie fort, und er weiß schon wieder nicht, was er darauf antworten soll. Stellt sie ihm eine Frage oder eine Falle gar? Was weiß sie über ihn? Er ist ja ein Vater, und doch ist er es nicht.

»Junge Dame«, sagt er also, »nun wird es mir doch ein wenig zu persönlich, wenn ich das so ausdrücken darf.« Es entfährt ihm fast zu schroff, der er doch eigentlich das Gegenteil ausstrahlen will. Am liebsten würde er nur zu gerne noch etwas persönlicher werden mit diesem doch leider sehr appetitlichen Geschöpf.

Vor dieser Erkenntnis kann er jetzt nicht mehr fliehen – da kommt wie bestellt der Husten zurück, der ihn fürs Erste beschäftigt und der jungen Frau etwas Zeit gibt, seine Zurückweisung zu verdauen. Sie sagt etwas in seinen Husten hinein, doch er kann es nicht verstehen, legt die Stirn in Falten und verflucht die Situation, in die er da geraten ist. Was hat er, der alte Knabe, sich bloß dabei gedacht, diese arme junge Frau auf so kecke Weise anzusprechen?

Die gestrengen Schwestern, vor deren Unerbittlichkeit er sich sonst beinahe fürchtet, sind seine Rettung, denn sie eilen nun herbei, setzen ihn auf, stellen die Rückenlehne gerade und ziehen seine Arme nach oben. Sogleich klingt der Anfall ab. Er sieht in das betroffene Gesicht des Fräuleins, das in seinem jugendlichen Unverstand zu glauben scheint, ihn höchstpersönlich ausgelöst zu haben. Nun sollte er sich wohl äußern. Die Schwestern ziehen sich ins Haus zurück. Das macht die Sache leichter.

»Machen Sie sich keine Sorgen«, beschwichtigt er also, »es ist alles in Ordnung. Dieser Husten gehört dazu und Sie haben auch nichts falsch gemacht. Es war eine durchaus nette Unterhaltung, die wir miteinander hatten.« Das sollte nun aber die letzte Lüge für heute sein, nimmt er sich vor. »Tanken Sie noch etwas Morgenluft. Ich vertrage sie wohl noch nicht so gut.«

Sie hat sich alles mit großen, schimmernden Augen angehört und scheint all ihre zuvor gezeigte lebhafte Offenheit in Ergebenheit zurückverwandelt zu haben. Die junge Frau, zu der sie für einen Moment für ihn geworden war, ist wieder ein junges Ding, das für seine Bücher schwärmt und, wie sich nicht mehr leugnen lässt, auch für ihn selbst.

»Es tut mir furchtbar leid. Wollen Sie mir das glauben? Ich werde nie wieder so dreist sein und Ihnen zu nahe treten«, sagt sie mit einem Zittern in der Stimme.

Ach, täte sie es doch …

»Bitte, es ist gut«, presst er zwischen zwei Hustern hervor, die er auch hätte unterdrücken können, doch sie erlauben es ihm jetzt noch mehr, sich zurückzuziehen. Ein bisschen was muss er doch auch von dieser Situation haben, findet er, und unterdrückt ein Lächeln.

»Ich bin heute vielleicht etwas empfindsam«, sagt er noch, obwohl er weiß, dass er wahrheitsgetreu *empfindlich* hätte sagen müssen. Man hat ihm dieses Attribut oft genug zugeschrieben.

Ein Urteil, das ihn jedes Mal geärgert hat, vor allem aus einem Frauenmund, aber er wusste dieser Aussage auch nie etwas Überzeugendes entgegenzusetzen. Vielleicht hatten sie tatsächlich recht. Und doch: Frauen setzen seiner Empfindsamkeit immer wieder ihre eigenen anstrengenden Zustände entgegen. Trotzdem kann er nicht ohne sie. Und je älter er wird, desto jünger sind die, an denen er Freude hat. Sie sind sein Leben, sein Verderben und eines vielleicht nicht mehr so fernen Tages wohl auch sein Sterben. Einen Grund dafür muss man schließlich haben.

Während er sich, begleitet von derlei Überlegungen, davonzustehlen versucht, sieht er mit einem Mal Bewegung im Gebüsch. Er sieht schwarzes Fell durch die kahlen Zweige schimmern und vermutet zunächst eine Katze. Es ist aber ein Tier von Ausmaßen, die ihn erschrecken lassen. Er hält den Atem an, muss ein weiteres Mal husten, was die Schwestern erneut auf den Plan ruft, und kann kaum fassen, was er da sieht: Es ist ein schwarzer Panther, der nun so selbstverständlich durch den Garten streift, als gehörte er dorthin. Er bewegt sich langsam, selbstvergessen und wird wohl nur vom Dichter bemerkt, der zwei Mal die Augen zusammenkneifen muss, bis das schöne dunkle Tier wieder verschwunden ist. So weit ist es also schon gekommen.

Die Schwestern helfen dem prominenten Patienten mit flinken Händen vollends aus den Decken, streichen seinen Morgenmantel glatt und führen ihn sanft, aber sicher an beiden Armen festgehalten, zurück ins Haus. Da will er jetzt auch hin, denn in der freien Wildbahn sollte er sich besser noch nicht zu lange aufhalten, wie er still erkennt. Immerhin kann man dort Raubtiere treffen.

Er sieht nicht, mit welchem Blick ihm das Fräulein schon wieder nachschaut, und er weiß nicht, was es in seinen Husten hinein gesagt hat. Er beschließt, lieber nicht danach zu fragen.

EINE ANSPRACHE

Vor dem Mittagessen hat er lange aus dem Fenster seines Zimmers gesehen, herab vom Zauberhügelein, wie er ihn spöttisch für sich nennt, und sich schließlich hingelegt. Man muss ausgeruht sein, zumal er vermutlich gleich wieder dem Fräulein begegnen wird, sofern sich die Arme nach dem morgendlichen Unglücksfall überhaupt an den gemeinsamen Tisch wagt. Da ist man doch froh, die frühen Jahre der eigenen Unsicherheit längst hinter sich zu haben.

Er würde gerne auf diese Weise auf das junge Ding herabsehen, es als Randerscheinung seiner Kur einordnen und ignorieren, doch er muss an die junge Frau denken, anstatt zu schlummern. So sehr ihn dies beunruhigt, so sehr macht es ihm auch Freude. Diese Freude könnte sich zu einem Grund entwickeln, den Speisesaal künftig etwas besser gestimmt zu betreten, sagt er sich, einfach, weil dieses wunderbare Geschöpf ebenfalls da sein wird.

Da ertönt auch schon der Gong, der das Mittagessen ankündigt. Er erhebt sich mit Bedacht und setzt sich auf die Bettkante, als ihn ein erneuter Hustenanfall ereilt, über den er sich ärgert. Schweiß tritt ihm auf die Stirn. Das hasst er noch mehr. Ein Schluck aus dem Schrank wird helfen, sagt er sich, und er hilft wirklich. Da werden auch ein zweiter und ein dritter nicht schaden. Zu dumm, dass diese sehr wohl wirksame Medizin beim Professor keine Anerkennung finden würde.

Es fällt ihm ein: Hat der Professor ihm nicht am Ende der Aufnahmeuntersuchung dringend empfohlen, viel Flüssigkeit zu sich nehmen, um die restlichen Tuberkulosebakterien vollends aus seinem Körper zu schwemmen? Welcher Art diese

Flüssigkeit sein soll, hat er nicht gesagt. So bleibt ihm ja gar nichts anderes übrig, als die Botschaft nach seiner eigenen Façon auszulegen. Flüssig motiviert kann er nach dem Mittagessen vielleicht sogar ein bisschen schreiben. Er wird es jedenfalls bald müssen. Denn ohne die Arbeit und allein mit all diesen lästigen Gedanken über Gewesenes, Gegenwärtiges und Künftiges wird er demnächst mindestens verrückt.

Nach Stürzen kalten Wassers ins Gesicht und einer sorgfältigen Kämmprozedur, bis er sich einigermaßen zufrieden im Spiegel betrachten kann, ist er gewappnet für den Gang nach unten.

Vor der Tür des Speisesaals hält er noch für einen Moment inne, um sich zu sammeln, bevor er die Klinke drückt. Er will auftreten wie immer, und alles ist ja auch wie immer. Was sollte auch gewesen sein? Na also.

Als er eintritt, sieht er sofort, dass sein Tisch noch unbesetzt ist. Das Fräulein ist nicht da und auch nicht die ihm durchaus entbehrliche Gattin des Richters a. D. Das wundert ihn zwar, doch es stört ihn keineswegs. Vielleicht isst er heute sogar die Kartoffelsuppe, die man auf der Tafel annonciert. Er hat ausnahmsweise so etwas wie Appetit und freut sich auf die Aussicht, die Suppe ungestört zu sich nehmen zu können, denn obwohl hier längst alle wissen, wer er ist, lässt man ihn doch in Ruhe. Ab und an nickt man einander zu, wenn man sich im Haus begegnet. Eigentlich hat er keinen Grund zur Klage.

Nun also das erste Mittagessen allein. Die Stimmung gehoben. Trotzdem setzt er sich mit Blick zur Tür an den Tisch. Dass man das so macht, wenn die Gegend gefährlich ist, kennt er aus Italien.

Gerade als die Suppe serviert wird, öffnet sich diese Tür noch einmal und die Richtersgattin tritt ein. Er hätte es wissen können. Sie tritt an den Tisch und wünscht ihm einen guten Appetit. Er brummt ihr so etwas wie einen Dank zu und sieht nicht auf. Noch während sie Platz nimmt, eilt eine der Küchenmamsellen herbei, um auch ihr auszuschöpfen.

»Wo ist denn unsere junge Dame geblieben?«, fragt die alte Dame in einem Ton, den er nicht einschätzen kann. »Sie ist doch sonst immer die Erste …«

Nun sieht er sich doch genötigt, in den Konversationsmodus zu wechseln, bevor er einen allzu unhöflichen Eindruck machen könnte. »Wer kann es wissen?«, antwortet er und bemüht sich, so beiläufig wie möglich zu klingen. »Heute Morgen hat sie noch ein Frischluftbad vor dem Haus genommen.« Dazu sieht er sie zum ersten Mal richtig an und blickt in gar nicht einmal uninteressante graugrüne Augen, die seinem Blick standhalten. Er hat schon Frauen gekannt, die ihn so ansahen und damit sagen wollten: An mir kommst du nicht vorbei.

Zunächst schweigt sie. Auch das Hüsteln bleibt aus. Was für eine Person hat er da eigentlich vor sich?

Nach einem mehrfachen, etwas umständlichen Räuspern sagt sie endlich doch etwas: »Mein lieber Herr. Wir sitzen ja nun schon einige Tage an diesem Tisch beieinander und ich darf sagen, dass mir Ihre Gesellschaft ein gewisses Vergnügen bereitet. Doch weil ich das Haus schon in nächster Zeit verlassen werde und überdies noch ein kleines Stückchen älter bin als Sie, darf ich mir vielleicht erlauben, mich zu einer gewissen Sache zu äußern, auch wenn Sie einwenden mögen, sie ginge mich nichts an.«

Er ist, sozusagen, von den Socken. Wie man sich in Menschen doch täuschen kann.

»Um gleich zur Sache zu kommen, ich sorge mich um unsere neue Tischgesellin, derer ich mich ein wenig angenommen habe, jung wie sie ist«, eröffnet sie ihre Rede, und sie spricht mit einer Bestimmtheit, die ihm schon jetzt Respekt abnötigt.

»Ich habe wohl bemerkt«, fährt sie mit nun gesenkter Stimme fort, »wie das Fräulein Sie ansieht, wenn Sie Ihre Schwänke erzählen, natürlich um uns beide zu unterhalten.«

An dieser Stelle fühlt er sich zum ersten Mal ertappt.

»Und als Sie unseren Tisch gestern vorzeitig verlassen haben, seufzt das gute Kind Ihnen noch eine Weile hinterher und vermittelt mir durchaus, dass es sich wünscht, Sie hätten Ihr Bleiben wenigstens bis zum Dessert ausgedehnt. Kurzum, Sie haben dem armen Ding den Kopf verdreht.«

Sein Respekt schlägt nun in Ärger über die offensichtliche Notwendigkeit um, sich für das bisschen Geplänkel erklären zu müssen. »Na, na, das werden Sie doch wohl einzuordnen wissen, gute Frau«, knurrt er. »Seit wann ist es neu, dass eine junge Dame für einen Schriftsteller schwärmt?« Er weiß, dass er sich damit mehr schmeichelt, als es sich ziemt, doch das schert ihn jetzt nicht. »Ich gebe jedenfalls nichts darauf und kann es auch nicht ändern«, fühlt er sich bemüßigt, deutlicher zu werden.

»Das mag sein, mein lieber Herr, aber eben *weil* dies als Phänomen nicht neu ist …« Für einen Moment hält sie inne und holt nun doch ihr Taschentuch hervor. »Nun, man weiß ja, wie so etwas ausgehen kann«, sagt sie. »Im besten Falle haben Sie es gar nicht bemerkt, doch Sie haben das gute Kind mit Ihren charmanten Reden für sich eingenommen. Dieses Lächeln auf diesem blassen, lieben Gesicht … Mir gefällt das nicht.« Sie macht eine bedeutungsvolle Pause. »Und«, fährt sie endlich fort, »ich habe Sie beide heute Morgen vom Fenster aus gesehen. Ich möchte fast sagen: Begreifen Sie Ihre Verantwortung und fügen Sie dem armen Kind, das gesundheitlich gewiss schon genug hinter sich hat, nicht auch noch eine Herzkrankheit zu. Das würde es wohl nicht überleben.«

Er könnte darüber verzweifeln, wie recht sie damit hat, spürt die Gefahr in ihren Worten und beschließt, sie abzuwenden, weil er es muss: »Ich bin nicht sicher, was Sie mit Ihrem – ich will es Appell nennen – andeuten wollen, doch machen Sie sich bitte keine unnötigen Gedanken. Ich bin auch schon ein älterer Herr und auf der privaten Ebene außerdem bestens versorgt.«

Er weiß um die Dreistigkeit dieser Aussage, und doch hält er sie in diesem Moment für richtig. Seine sonore Stimme hat er in den Bassbereich gesenkt, um die beruhigende Wirkung der wohlgesetzten Worte noch zu verstärken. Für eine Weile schweigen beide.

»Na, dann ist ja alles wunderbar.«

Erst zieht er die Augenbrauen nach oben und lässt sich nicht anmerken, wie erleichtert er ist, seine Tischdame so schnell zufriedengestellt zu haben. Und siehe da, gleich darauf, als wäre dies eine Bühnenszene, die er selbst geschrieben hat, öffnet sich erneut die Tür und das Fräulein tritt in den Saal.

»Ihr Mündel ist schon hier, meine Beste«, sagt er und deutet mit einem Kopfnicken, das jeden Anflug von Triumph vermeiden soll, in Richtung Eingang.

Das Fräulein setzt sich zu ihnen, sieht beide mit einem Gesicht an, in dem er mehr als Freundlichkeit nicht erkennen kann, wünscht einen guten Appetit und erklärt sich, ohne dass es hätte gefragt werden müssen: »Ich wollte mich noch ein wenig ausruhen. Nun habe ich Hunger.«

Er hebt die markanten Augenbrauen erneut, doch diesmal lächelt er vor sich hin, als wollte das Lächeln ein »Na also« bedeuten, während die Richtersgattin in ihr Taschentuch hüstelt und es vermeidet, ihn anzusehen, und er ist mit dem Ausgang dieser Situation völlig einverstanden.

LOTTE RUFT AN

Das Mittagessen hat ihn angestrengt und die Ansprache der Richtersgattin geht ihm nach. Kaum hat er die Halbschuhe ausgezogen, sinkt er auf seinem Bett in einen dunklen, tiefen Schlaf, obwohl die Sonne so penetrant ins Zimmer scheint, als wollte sie ihn zum Spazierengehen nötigen wie eine gesundheitsfanatische Ehefrau ihren bewegungsfaulen Mann.

Als es an der Tür klopft, und das mehrmals und immer lauter, fährt er hoch. Sein Puls rast, in seiner linken Schläfe pocht ein scharfer Schmerz, und für einen Moment weiß er weder, wo er sich befindet, noch kennt er die Tageszeit.

»Herein«, hört er sich krächzen.

In der Tür steht die Dame vom Empfang. Er hat schon bei der Ankunft festgestellt, dass sie aus Dresden stammen muss, der Heimat, obwohl sie sich beim Sprechen alle Mühe gibt, dies zu verbergen. »Bitte entschuldigen Sie vielmals die Störung«, teilt sie ihm nun betreten lächelnd mit, »doch ich habe unten Frau Enderle am Telefon, die unbedingt mit Ihnen sprechen will.«

»Was, jetzt?«, raunzt er sie an.

Doch er bereut es sofort, als sie fortfährt: »Es tut mir wirklich leid. Ich habe ihr gesagt, dass Sie im Moment wohl ruhen, doch sie ließ sich nicht auf später vertrösten. Sie sagt, es sei wichtig.«

Er hört Erschütterung und, ja, fast Verzweiflung in ihrer Stimme, richtet sich auf und versucht, zur Besinnung zu kommen. Lotte will ihn also sprechen. Er weiß nicht, ob er sich freuen soll, doch vor allem fürchtet er ihren Furor, den die Rezeptionsdame ja sicherlich schon abbekommen und ihm gegenüber nur diskret angedeutet hat.

»Ich komme«, sagt er erst nur.

Natürlich gönnt ihm Lotte hier keine Ruhe.

»Sie soll sich noch einen Moment gedulden«, fügt er noch hinzu, wohl wissend, dass er der Dame mit dieser Botschaft eine weitere unangenehme Begegnung mit Lotte zumuten dürfte, denn wenn sie keinen Aufschub duldet, duldet sie ihn in der Regel tatsächlich nicht. Dem Gesichtsausdruck der Empfangsdame sieht er an, dass auch sie das ahnt.

Er unterdrückt einen vehementen Rauchdrang und auch die Flasche lässt er im Schrank, denn eine Hinauszögerung des Telefonats in dieser Länge kann er sich jetzt nicht leisten. Allein die Zigarette würde ihn gut sieben Minuten kosten. Wie schnell sich Prioritäten doch ändern können.

Er schlüpft in die Schuhe, zieht kurzatmig und unter einer Hitzewallung Hemd und Hose straff sowie sein Sakko an, denn man will ja wenigstens aussehen wie ein Herr, und wankt nach unten. In seinem Gehirn ist Leere. Doch er weiß ja auch nicht genau, auf was er sich vorbereiten müsste. Was kann sie jetzt nur wollen?

Die Dame bittet ihn mit einer Geste ins Telefonierzimmer hinter der Rezeption.

»Ich stelle das Gespräch durch«, sagt sie noch. Einmal mehr freut er sich über den heimatlichen Akzent, mit dem sie spricht. Er würde ihn auf der ganzen Welt erkennen und beschließt, die Landsmännin bei Gelegenheit darauf anzusprechen, wenn er sie zum Plaudern verführen kann.

Im Telefonierzimmer ist er dankbar für jede Sekunde der Verzögerung, die ihm Zeit gibt, sich zu sammeln. Entsprechend langsam schließt er die Tür hinter sich. An Verzögerungsmöglichkeiten fällt ihm sonst jedoch nichts mehr ein. Nun muss er mutig sein.

Im Hörer knackt es. Dann vernimmt er das wohl vertraute Atmen der Gefährtin, ein Schnauben eher.

»Lotte!?«, sagt er, halb fragend, halb mit gespieltem Erstaunen.

»Ja, Lotte«, gibt sie knapp und scharf zurück und atmet hörbar aus.

»Das ist aber eine schöne Überraschung, dass du …«, versucht er, das Gespräch tapfer, aber wenig aufrichtig zu eröffnen, doch sie unterbricht ihn barsch: »Sie hat angerufen. Wollte mit mir sprechen. Mit *mir!* Was erlaubt sie sich?«

Er stellt sich erst einmal unwissend. Jede Sekunde Zeitgewinn zählt, wie er aus Erfahrung weiß. Er kennt Lotte lange genug, hat ihr Temperament, als er es noch als Leidenschaft an ihr genießen durfte, vor sehr langer Zeit einmal geliebt. Mit der hässlichen Mutation, die es mittlerweile durchlaufen hat, weiß er im Grunde umzugehen.

»Nun mal langsam. *Wer* hat angerufen?«

»Na, *wer* schon! Deine … Ach, was soll das denn jetzt? Die Siebert natürlich!« Ihre Stimme klingt, als habe sie getrunken, und wahrscheinlich hat sie das auch. Neu wäre es nicht.

Obwohl ihm das Herz in die Hose gerutscht ist, bemüht er sich weiterhin um Sachlichkeit, auch um wertvolle Sekunden zu gewinnen: »Friedel … ich meine … Frau Siebert hat also angerufen. Was wollte sie denn mit dir besprechen?«

Die meiste Zeit seines Lebens beiläufig klingen zu wollen, um sich nicht hinter das Gesicht blicken zu lassen, hat ihn Kraft gekostet. So routiniert er diesen Ton längst beherrscht, so müde ist er mit den Jahren davon geworden.

»Sie wollte wissen, wie das alles weitergehen soll. Das wäre aber *meine Frage* gewesen!«, schreit Lotte unvermittelt in den Hörer, dass es ihm ins Mark fährt. Er hält ihn etwas von seinem Ohr entfernt und vernimmt sie noch gut genug. »Erst hat sie mir etwas vorgeheult, und dann haben wir beide geheult«, erzählt sie wieder etwas ruhiger, »aber nur gleichzeitig, nicht etwa gemeinsam. Es war unsäglich. Und wahrscheinlich waren ihre Tränen auch nicht echt. Eine Schauspielerin kann so was ja.«

Er ignoriert die Gemeinheit. Auch dergleichen kennt er zu Genüge von ihr. Sie wird scharfzüngig, wenn sie getrunken hat, oder sie weint. Manchmal auf eigentümliche Weise auch beides. Eine solche Veränderung nach einem guten Whisky kann er an sich selbst gar nicht feststellen, im Gegenteil, er wird immer friedlicher, oft vergnügter gar. So hat er auch gar keine Lust zu einer spitzen Replik. Er will es nur hinter sich bringen und weiß, dass sie ein lebenslanges Recht auf diese Tobsuchtsanfälle hat.

Er fühlt sich Lotte nun überraschend nah. Aber Friedel ist es, nach der er sich gerade jetzt sehnt.

Dann wird ihr Ton noch etwas leiser und er hört die aufsteigenden Tränen in der Lotte-Stimme. Auch diese Entwicklung kann er aus Erfahrung beinahe durchwinken. Er weiß, dass er sie wahlweise reden, schreien, weinen oder keifen lassen muss. Nun weint sie ihm erst einmal etwas vor und er muss zuhören. Doch als habe sie mit einem Mal gemerkt, wie unwürdig das ist, schließt sie abrupt die Phase der kalt vorgetragenen, oft gezischten Vorwürfe an.

»Wie kannst du mir das antun?«, setzt sie eine weitere Teilüberschrift. »Ich habe alles mitgemacht, deine Verschlossenheit, deine Eskapaden, deine Weigerung, zu heiraten, oder genauer, dass du *mich* nicht heiraten willst. Aber *noch* eine Frau, mit der du sogar ein Kind hast … Ich verstehe dich nicht! Kriegst du den Hals denn nie voll? Was treibt dich zu so viel Disziplinlosigkeit? Und dass du Menschen damit verletzt, hast du *das* einmal bedacht?«

Vorhaltungen wie diese hat er wiederholt von ihr gehört. Diesmal staunt er darüber, dass sie das, was er für Friedel empfindet, als Mangel an Disziplin erachtet. Wenn er in einer sehr stillen Stunde sehr ehrlich zu sich ist, würde er diese Empfindung ganz anders nennen. Aber auch das kann er Lotte nicht sagen, denn allein dass er ihr so weh tut, weil er eine Entscheidung zu ihren Gunsten verweigert, schmerzt ihn selbst schon genug.

Der Kopfschmerz hämmert nun gegen seine linke Schläfe. Sollte sich damit ein Schlaganfall ankündigen, käme er ihm nicht völlig ungelegen. Dann wäre endlich Ruhe, besonders vor den Frauen um ihn herum. Aber er kennt es ja kaum anders.

Was hat Lotte soeben gesagt? Er hat nicht mehr zugehört, und als ahne sie seinen Konzentrationsabfall, wird sie noch einmal lauter. »Ich lege jetzt auf, hörst du!?« droht sie.

Er hört genau, wie sehr sie sich bemühen muss, noch geradeaus zu sprechen. Wie in einem schlechten Theaterstück, einer Schmierenkomödie, denkt er, und er weiß nicht, ob ihn das belustigt oder ängstigt.

Er schweigt. Was soll er auch dazu sagen? *Bitte tue es nicht,* wäre glatt gelogen. *Dann leg eben auf,* wäre frech und würde die Situation auch nicht gerade befrieden. *Lass uns doch vernünftig miteinander …* – abgeschmackt. Außerdem will er das selber nicht. Im Übrigen legt sie gar nicht auf.

Als er erkennt, dass die Aussicht auf Befriedung auch diesmal nicht besteht, lässt er sie vollends gewähren. Nun schluchzt Lotte wieder, und auch wenn das Schluchzen vorwiegend zornig klingt, stellenweise trotzig bis forciert, wie man es durchaus bei Kindern antrifft, wartet er ab.

Endlich fragt sie, schon weniger vehement: »Wann kommst du wieder?«

Sie ist also in die ihm bekannte Kleinmädchenphase eingetreten. Die unverhoffte Chance, sie mit väterlichen Beschwichtigungsworten zurückholen zu können, muss er nutzen. Er stellt also in den bewährten Bass um und sagt: »Du weißt doch, dass das hier noch eine Weile dauern wird. Der Professor besteht darauf, dass sich meine Lungen und der ganze Rest gründlich erholen müssen. Du willst mich doch auch als gesunden Mann zurückhaben, nicht wahr? Also sei jetzt so gut und rege dich nicht zu sehr auf, denn sonst rege ich mich auch auf, und das würde allein schon mein Herz nicht goutieren. Auf Wiederhören, Lotte.«

Erst als er auflegt, wird ihm bewusst, dass Lotte ihn während des Telefonats nicht ein einziges Mal nach seinem Befinden gefragt hat. Sie hat gesprochen, als sei *sie* die Kranke. Der Ärger über dieses weitere Beispiel ihrer chronischen Selbstbezogenheit macht es ihm wiederum leichter, Distanz zu ihr einzunehmen, denn die benötigt er nun dringend.

Wer ihn noch immer nicht angerufen hat, ist Friedel. Er wird sie irgendwann selbst anrufen, doch das ist ihm bislang nicht gelungen. Jeden Tag, da er es nicht tut, versündigt er sich auch an seinem kleinen Sohn, wie er natürlich weiß. Und zugleich darf er es ja nicht, weil sie es ihm verboten hat. Dieser Kummer lässt sich nur mit einem weiteren Whisky ertragen.

Als er aus dem Zimmer hinter der Rezeptionistin tritt, versteht er, warum sie gar nicht erst aufblickt, als er sich bei ihr für ihre Mühe bedankt und sie nur ein »Jederzeit gerne« zurückgibt. Er hätte an ihrer Stelle auch nicht mehr getan und ist froh darüber, dass sie ihre Gedanken nicht weiter in Worte packt.

Morgen hat er einen Termin beim Professor. Auch die aktuellen Blutwerte will er mit ihm besprechen. Ausgeprägte Vorfreude ist beim Gedanken daran keine Empfindung, die sich einstellen will, doch er wird sich dem Professor einigermaßen unverdächtig präsentieren müssen, sodass dieser nicht allzu viel Grund hat, streng mit ihm zu sein. So lässt er sich von einer Schwester etwas gegen den Kopfschmerz geben und bittet sie darum, bis zum Abendessen nicht gestört zu werden.

Durch einen Spalt der zugezogenen Vorhänge zeigt sich die Februarsonne nur noch schüchtern. Die Tablette nimmt er mit purem Wasser ein. Dann legt er sich hin und hofft, den Weg zurück ins selige Reich des Vergessens zu finden. Er liegt auf dem Rücken und hat die Hände auf dem Bauch gefaltet. Die Füße stecken noch in den Slippern, doch das ist ihm gleichgültig.

Nur ein kurzer Angstanfall, weil er des Öfteren fürchtet, im Schlaf zu sterben, ist noch zu überstehen. Wobei – endlich Ruhe wäre dann.

Die junge Frau kehrt noch einmal vor sein geistiges Auge zurück und vertreibt die furchtsamen Gedanken. Das tut ihm wohl. Sie liegt nun bei ihm, in seinen Armen, und seufzt, und es klingt halb wie Weinen und halb wie der schönste aller Seufzer. Doch er befiehlt sich, das Fantasiegemälde wieder zu schwärzen. Schließlich muss er auf seinen Blutdruck achten. Auf dem Gedankenkarussell, das sich stattdessen zu drehen beginnt, sitzt nun Lotte auf jedem einzelnen Pferdchen und sieht ihn stumm an. Es ist schon ein halber Traum, den sein Gehirn ihm da beschert, und er sieht sich beim Träumen noch etwas zu.

»Bevor man klagt, soll man sich der Tatsache erinnern, dass man selber schuld ist, vor allem, wenn man selber schuld ist«, denkt er ganz zuletzt, bis er so in den ersehnten erlösenden Schlaf fällt.

DER PROFESSOR LÄSST BITTEN

Er hat das Abendessen verschlafen, und nicht nur das, denn es ist kurz nach sechs Uhr am Morgen. Die Nacht ist vorüber. Das sieht er auch an dem Teller mit etwas Salat und einem Butterbrot, belegt mit Schweizer Emmentaler und einer Tomatenscheibe, den man ihm auf den kleinen Tisch neben die Schreibmaschine gestellt hat. Er hat durchgeschlafen und es nicht bemerkt. Trotzdem fühlt er sich, als habe er bis zum ersten Licht gezecht.

Die Taktik, das Abendessen halb unfreiwillig zu versäumen, ging auf, nicht aber der Plan, dem Professor ein einigermaßen überzeugendes Bild von sich zu bieten. Um 7.30 Uhr soll er bei ihm vorstellig werden.

Er entkleidet sich und es bekümmert ihn, wie beschwerlich er diesen Vorgang empfindet. Zwischendurch setzt er sich, keucht sich aus und lässt die Erinnerungen kommen: Wie oft hat er in den Berliner Jahren den Morgen auf seine ihm ganz eigene Weise begrüßt, immer noch weit entfernt von nüchtern, trotzdem ausgesprochen lebendig, weil oft genug nicht allein. Er erinnert sich auch der feinen Traurigkeit, die er oft empfand, wenn er auf das jeweilige Fräulein blickte, das da arglos neben ihm schlummerte, nicht wissend, dass er schon an eine andere dachte oder diejenige, mit der er wiederum diese betrügen würde, und dass ihm das Fräulein fast ein bisschen leidtat. Das war für ihn kein Widerspruch, sondern manchmal sogar Anregung für ein weiteres Gedicht.

Was gäbe er darum, wieder einmal so erwachen zu können. Dabei ist er meistens froh, dass er überhaupt noch erwacht, denn eigentlich könnte es schon genug sein.

Schon bin ich müd zu reisen, / wär's doch damit am Rand, fällt ihm ein, das geliebte Gedicht des wunderbaren Grillparzer, das sich dieser Tage immer wieder in seine Gedanken schleicht. Immer öfter ahnt er, warum das so ist.

Nachdem er die Morgentoilette mit Mühe bewältigt hat, muss er sich wegen der Schweißausbrüche gleich ein zweites Mal waschen. Danach macht er sich mit einem jähen, kaum mehr gekannten Hungergefühl über das Käsebrot her. Der Kaffee zum Frühstück wird sein Übriges tun.

Es wird schon werden, redet er sich ein.

In dieser Manier hat er auch immer die Kinder getröstet, und wenn sie ihm seine Durchhalteparolen wenigstens in seinen Büchern geglaubt haben, hat er doch etwas erreicht, sagt er sich. Was er anderen wünscht, muss für ihn selbst ja noch lange nicht gelten.

Um 7.25 Uhr sitzt er im Wartezimmer des Professors, das sich im Erdgeschoss des Hauses befindet. Er hat sich eine Krawatte umgebunden, obwohl er weiß, dass er sich gleich wieder für die Untersuchung wird entkleiden müssen, doch die Begegnung mit dem Professor bedarf der vollständigen Montur.

Zwei ausgesprochen unerfreuliche Tage vor der Blutentnahme, die nun eine Woche zurückliegt, hat er sich des Whiskys sogar in Gänze enthalten, um die Werte nicht allzu verräterisch werden zu lassen. Während dieses düsteren Abenteuers der Abstinenz, das er so schnell nicht wiederholen möchte, orderte er literweise Pfefferminztee und zeigte sich noch seltener außerhalb seines Zimmers, denn mit seinen fortwährenden Schweißausbrüchen war er einfach nicht gesellschaftsfähig.

Nun gibt er sich der Illusion hin, dass sich dieser Kniff ausgezahlt haben möge, denn seine sich »am oberen Rand« befindlichen Leberwerte sind bereits bei der Eingangsuntersuchung erörtert worden.

»Trinken Sie ab und an mal ein Glas?«, fragte ihn seinerzeit der Professor.

»Nun, das tue ich natürlich. Tun wir das nicht alle?«, antwortete er mit routinierter Beiläufigkeit, ohne mit dieser Information ganz die Unwahrheit zu sagen.

»Da wird sich Ihre Leber hier ja prächtig erholen können und auch Ihre Lunge wird sich darüber freuen«, frohlockte der Professor daraufhin. »In meinem Verständnis als Mediziner spielen alle Organe in einem Körper ein lebenslanges Konzert miteinander, und wenn auch nur eine der Stimmgruppen oder gar nur ein Mitglied derselben einen eingeschränkten Dienst tut, missrät langfristig die ganze Symphonie.«

Dieser einfallsreiche Vergleich gefiel ihm, doch die unangenehme Botschaft, die der Professor damit auf so diplomatische Weise verband, ärgerte ihn auch. Und er ärgerte sich noch mehr, als der Weißkittel hinzufügte: »Sie wissen ja, dass in unserem Haus absolutes Alkoholverbot herrscht, nicht wahr?«

Auf eine verschwörerische Übereinkunft mit diesem großen Mann, auf die sich andere Ärzte einließen, die selbst dem Alkohol mehr als nur zugeneigt waren, konnte er demnach nicht mehr hoffen.

»Selbstverständlich ist dem so. Wie könnte es auch anders sein?«, antwortete er hintersinnig auf die Frage des Professors, jedoch auch so ruhig er konnte, um einigermaßen unverdächtig zu bleiben. Trotzdem fühlte er sich in jener ersten Begegnung ertappt. Man muss also auf der Hut sein, erkannte er da schon. Er müsste sein eigenes Spiel spielen, um seiner Leidenschaft für Whisky weiterhin frönen zu können. Schließlich war sie so etwas wie seine Privatmedizin und damit doch wohl auch seine Privatsache.

Als er diesmal das Untersuchungszimmer betritt, begrüßt ihn der Professor unverändert überschwänglich. »Mein Lieber, kommen Sie in meine gute Stube! Wir wollen sehen, wie es Ihnen geht, nicht wahr?«

Der Professor breitet theatralisch die Arme aus, sodass er fast befürchtet, im nächsten Augenblick tatsächlich von diesen umschlungen zu werden, doch dann wird er glücklicherweise nur gebeten, auf dem Stuhl vor dem ausladenden Schreibtisch des Professors Platz zu nehmen. Dort misst er ihm den Blutdruck, was dem hadernden Patienten stets außerordentlich missfällt. Er hasst das Druckgefühl der Bandage um seinen Oberarm und das Warten, bis der Professor die Zahlen nennt. Und schlimmer noch: Heute misst der Professor ein zweites Mal, weil ihm der erste Wert von 160 zu 90 als zu hoch erscheint.

»Das wollen wir doch lieber verifizieren«, erläutert er.

Dass sein Puls nun erst recht in den Galopp gerät, ärgert den Kurgast umso mehr.

»Tatsächlich. 160 zu 90«, brummt der Mediziner nach wiederholter Tortur. »Daran wäre also noch zu arbeiten«, konstatiert er knapp.

»Wenn ich Sie jetzt mal abhören darf …«, sagt er dann und lächelt seinen Patienten ermunternd an.

Der Untersuchte löst die Krawatte und versucht, sich des Hemds und des Unterhemds zu entledigen. Er fühlt sich schwach und in den Gelenken wie in sich selbst festgeschraubt, und so entweichen ihm Seufzer der Anstrengung, die dem Professor natürlich nicht entgehen.

»Etwas Gymnastik verordne ich Ihnen auch noch«, kündigt er an. »Sie müssen wieder Leben und Bewegung in diesen belasteten Körper bekommen«, predigt der Professor, das Stethoskop schon in der Hand. »Sie müssen ihm *Gutes* tun!«, sagt er noch lauter.

Er nickt nur und weiß schon jetzt, dass er auf Gymnastik keine Lust haben wird. Dann steht er vor dem Mediziner, atmet so, wie er ihn zu atmen anweist – ein, aus, ein, aus, und nicht mehr atmen –, erschaudert jedes Mal, wenn das kalte Metall der Membran neu auf seiner Haut angesetzt wird, und fröstelt am ganzen Leib. Auch in der Seele wird ihm kalt, denn er erkennt, dass er, mehr als jemals sonst in seinem fast 63-jährigen Leben, hier im Untersuchungszimmer einfach nur noch ein halbnackter Mann ist mit einem Leiden, das er keinem anderen wünscht. Er kann sich nicht mehr im Dichterdasein sonnen oder notfalls dahinter verbergen. Die weiße Pest … zum Fürchten!

»Husten Sie mal«, sagt der Professor, und der Patient quält einen Husten aus seiner Brust, den er sich gerne erspart hätte. Trotzdem sagt der Professor: »Das klang schon schlechter.«

Er fragt nicht nach, was das bedeutet. So genau will er es auch gar nicht wissen. Am liebsten stellte er überhaupt eine Sekretärin an, die all den Krankheitskram für ihn verwalten und ihm allenfalls Nachrichten der Besserung überbringen würde. Oder könnte das nicht die gute, alte Rosenow, die treue Sekretärin, übernehmen? Er schätzt seinen Körper allenfalls als Instrument des Genusses. Für ihn als Krankheitsträger will er sich nur widerwillig interessieren.

Während er sich wieder anzieht, blättert der Professor in der Patientenakte und murmelt medizinische Begriffe vor sich hin. Nur mit Mühe kann er, dem vor Anspannung schon die Kieferknochen schmerzen, ein paar davon heraushören. Fieberkurve zum Beispiel. Die meisten Ausdrücke begleitet der Arzt mit einem Knurren, das der Patient nicht einzuordnen weiß. Er fühlt sich unwohl, weil dieser Mann nicht mit ihm spricht, obwohl er gewiss nicht aus böser Absicht allein das Papier mit Worten bedenkt. Endlich hört er ihn, wenn auch noch immer über die Akte gebeugt, sagen: »Zu Ihren Werten also. Fangen wir an mit der Sauerstoffsättigung …«

An dieser Stelle legt er gleich wieder eine dramatische Pause ein, die dem Untersuchten Angst macht, welche sich zu dessen Ärger und zur gleichzeitigen Erleichterung als unbegründet herausstellt: »Befriedigend. Mit 84 Prozent noch nicht so, wie sie sein sollte, aber befriedigend. Das ist ein Anfang. Es kann nur nach oben gehen.«

Dann murmelt er wieder vor sich hin. Fast Zärtlichkeit ist es, was der Patient für seinen Arzt in diesem Moment empfindet. Im gemeinsamen Schweigen hofft er noch, der Professor könnte beim Studium der Laborliste kritische Werte überlesen oder aus psychologischen Gründen nicht für mitteilenswert halten, also versucht er, die Konversation selbst voranzubringen und zu lenken. *Er* will die Schwerpunkte setzen. Mit Laborwerten ist er mittlerweile auf Du und Du.

»Was ist mit der Blutsenkung? Und was hat die Harnsäure zu erzählen?«, fragt er den Professor mit angestrengter Munterkeit.

»Ja, alles so weit befriedigend. Noch nicht, wie es sein sollte, aber befriedigend«, sagt der noch einmal. »Das wird sich alles geben. In einem halben Jahr gehen Sie hier raus als gesunder Mann.«

Kein Wort von weiteren Auffälligkeiten.

Schon will er sich entspannen und würde dem Professor sogar noch ein Plauderviertelstündchen gönnen, da sagt der plötzlich: »Aber hier, Ihre Leberwerte … alle nicht im Normbereich, also sowas. Besonders das Gamma-GT. Der Trinkerwert, wie wir ihn unter der Hand nennen. Das sollte sich bald einmal geben. Und das muss es auch«, fügt er ungewohnt deutlich hinzu.

Ein typischer Fall von denkste also. Hat er wirklich geglaubt, es ließe sich vermeiden, über die Leberwerte zu sprechen? Er schimpft sich einen Dummkopf. Sein Puls geht nun noch schneller und der Kiefer knackt.

»Da müssen wir dran. Ihr Immunsystem braucht eine Leber, die funktioniert, um die Giftstoffe zu filtern, gerade, wenn Sie Medikamente nehmen wie zurzeit.«

Er versteht das alles wohl und dennoch flucht er innerlich. Ein halbes Jahr soll er hier eingesperrt sein, wenn nicht länger, wie er längst argwöhnt, und dann will man ihm auch noch die letzten Freuden nehmen?

Er unternimmt einen letzten Versuch, um den Professor von einem möglichen Verdacht hinsichtlich der Gründe abzulenken. »Ich glaube, ich hatte da immer schon eine gewisse Schwäche. Wir haben doch alle unsere Unzulänglichkeiten, und bei mir ist es eben die Leber, die ganz gerne mal Mucken macht«, bemüht er sich, den Arzt abseits des Weges zu locken.

»So«, sagt dieser, ohne aufzusehen, »dann sollten wir da mal weitere Untersuchungen anstellen.«

Und es wird noch unangenehmer.

Er schwitzt trotz der ausgesprochen kühlen Raumtemperatur, denn der Professor bohrt nach: »Und das Rauchen haben Sie ja sicherlich eingestellt, nicht? Das müssen Sie auch, denn wir können uns hier noch so um Sie bemühen – wenn Sie dem Tabakkonsum treu bleiben, ist alles vergebens. Aber das wissen Sie ja selbst, nicht wahr?«

Er weiß es selbst und atmet buchstäblich auf, als der Professor wieder ein versöhnliches Lächeln aufsetzt. »Hauptsache, Sie bleiben bei uns schön gesittet, ja?!«, beendet er seine Rede.

Was immer der Professor mit *gesittet* meint, sein Patient verspricht es und überkreuzt in Gedanken zwei Finger hinter dem Rücken wie ein gewitzter Bengel.

»Eine Bronchoskopie wäre auch bald wieder durchzuführen. Stellen Sie sich in etwa einer Woche darauf ein«, teilt der Mediziner ihm noch nüchtern mit und klappt die Krankenakte geräuschvoll zu.

Endlich knipst er wieder sein breites Lächeln an, lehnt sich zurück, faltet die gewaltigen Hände über seinem ebensolchen Bauch und verfällt in den Plauderton: »Was macht die Schreiberei, mein Lieber? Sie wissen, dass Sie es hier nicht damit übertreiben sollen, aber wir betrachten es auch als große Ehre, einen Schriftsteller wie Sie in unserem Haus zu haben. Ich hoffe, Sie widmen uns auch mal was Schönes. Ein kleines Gedicht vielleicht? Das würde ich Ihnen durchaus gestatten, das wird Sie ja nicht viel kosten.«

Er dankt dem Professor bescheiden für die Bitte, die ihn ehrt. »Ich werde mich bemühen«, antwortet er. »Das Gelände vor dem Haus ist jedenfalls eine Quelle der Inspiration. Man erfreut sich auch zu dieser Jahreszeit an jedem sanft bewachsenen Hang und ahnt, welche Pracht der Frühling aus ihm herauslocken wird. Dazu fällt mir bestimmt mal etwas ein. Natur will ja grundsätzlich bedichtet sein.«

Der Professor, der ein geradezu notorisch positiver Mensch und frei von Zweifeln sowie finsteren Grübeleien ist, nickt ihm zufrieden zu. Aber er will noch etwas wissen und senkt dabei die Stimme: »Mal unter uns: Wie geht es zu Hause? Vermisst Sie Ihre Frau auch schön und doch nicht zu sehr?«

Nun wird es doch noch einmal unangenehm bis peinlich, denn diese Art der Indiskretion schätzt der Befragte nicht, aber er lässt sich nichts anmerken. Schließlich soll der Professor ihm ja gewogen bleiben. Da muss man Zugeständnisse machen. Also sagt er mit spöttischem Lächeln, das der wohlmeinende Weißkittel hinter seinem Schreibtisch freilich nicht als solches erkennt: »Meine Lebensgefährtin«, korrigiert er den Professor elegant, »hat erst gestern wieder angerufen und so etwas Ähnliches wie Sehnsucht nach mir durchaus bekundet.«

Als der Professor das hört, lacht er laut heraus: »So etwas Ähnliches wie Sehnsucht – einfach köstlich, wie Sie das sagen! So könnten Sie es geschrieben haben! Aber wunderbar, mein Lieber, das ist doch einfach wunderbar, wenn die Frau Gemahlin weiß, was sie an Ihnen hat. So soll es sein.« Dann beugt er sich zu ihm vor und sagt verschwörerisch: »Es ist zweifelsohne nicht ganz einfach für die männlichen Gäste hier, oft für lange Zeit gewisser Vergnügungen entsagen zu müssen. Und Techtelmechtel werden von uns nicht gerne gesehen, auch wenn ich als Menschenfreund verstehen kann, dass so etwas vorkommt. Aber am Ende hat man ja doch nur Scherereien damit.«

Er nickt. Er hat genug gehört.

Weitere Peinlichkeiten wie diese will er sich jetzt ersparen. »Ich freue mich schon aufs Frühstück«, flunkert der chronisch schlechte Esser seinem Gegenüber mit der beeindruckenden Körperfülle also vor. Eine elegante Überleitung, wie er findet.

Der Professor springt prompt darauf an und gibt sich einem weiteren Anfall von Enthusiasmus hin: »Selbstverständlich tun Sie das! Das Frühstück! Unser köstliches, gesundes Frühstück. Die beste und wichtigste Mahlzeit des Tages. Es beginnt ja gleich. Nichts wie hin, mein Lieber! Sie brauchen eine Grundlage für die Genesung, gerade Sie, so schmal wie Sie immer noch daherkommen, also fassen Sie nur tüchtig zu.«

Mit diesen Worten hält der Patient die Untersuchung für beendet. Für den erfolgreich überstandenen Termin will er sich gleich nach dem Frühstückskaffee mit mindestens einem gepflegten Schlückchen belohnen.

BEGEGNUNGEN

Er kommt sich selbst nicht auf die Spur und ist sich wieder mal fremd. Wie frei könnte er sich hier auf der Anhöhe doch entfalten, frei von der ewigen Lotte, für die er doch nur noch eine Dauerkränkung darstellt und die ihn dafür erpresst, frei von der Welt, die immerzu an ihm zerrt, weil er jemand sein soll, der er nicht ist, und die ihn deshalb nicht in Ruhe lässt. So viel hat er dieser Welt ohnehin nicht mehr zu sagen. Nur das PEN-Zentrum gilt ihm noch etwas, denn da wird er gebraucht, ohne missbraucht zu werden. Toni, der Hauspostbote, wird sicher bald viele Briefe bringen, in die er sich vertiefen kann, bis alles um ihn herum versinkt und er die Zeit vergisst.

Im PEN-Zentrum ist er ein Vorsitzender. Er soll also ein Chef sein, was er, wo immer er sich bislang betätigt hat, nie überaus leidenschaftlich gewesen ist, doch er ist in den Ursprungsgedanken der Vereinigung, ungehinderter Gedankenaustausch und Meinungsfreiheit, geradezu verliebt, also kann er auch ein Chef um dieser Ideen willen sein. Dort trifft er auf die beruhigende, große Mehrheit derjenigen, die sich diesen Gedanken verschrieben haben. Wie sehr er es hasst, dass er, fernab auf dem Hügel, in dieses warme Wannenbad des Geistvollen und Bedeutsamen nur die Zehenspitze eintauchen kann, indem er etwas Post beantwortet. Er ist krank, und er weiß es, doch mit jedem rasselnden Atemzug stemmt er sich dagegen. Nicht gegen die Krankheit selbst, sondern gegen die Einsicht, dass sie Besitz von ihm ergriffen hat und er ihr Rechnung tragen muss. So oft hat er den Zeigefinger erhoben und verkündet, woran der Mensch genesen müsste. Nun müsste er sich selbst besinnen, doch die dafür nötige Einsicht will sich nicht einstellen.

Denkt er an das PEN, dann weiß er, warum er noch auf der Welt ist. Denkt er an Friedel und den Jungen, weiß er, warum er lebt. Und sieht er die junge Frau, wie sie sich ihm während der Liegekur zuwendet, weiß er noch einen Grund, warum er noch ein bisschen weiterleben will.

Und als er nach einer sehr schnell konsumierten Kanne Kaffee den Speisesaal in der Hoffnung verlassen will, es könnte noch früh genug sein, um von niemandem vom Gang auf sein Zimmer und vom ersten Schluck abgehalten zu werden, steht sie plötzlich vor ihm.

»Guten Morgen«, spricht das Fräulein ihn mit einem berückenden Lächeln an. Das Haar trägt es heute erstmals offen. Er ist entzückt. Und er hört die Beglückung in der zarten Stimme und wünschte, er nähme sie nicht wahr, weil sie ihm viel zu gut gefällt.

»Guten Morgen, junge Dame. Ich hatte schon befürchtet, Sie seien womöglich abgereist«, erwidert er und sieht die ersten geraspelten Süßholzspäne zu Boden fallen.

»Abgereist? Oh nein, das bin ich noch nicht, natürlich nicht, ich muss ja noch ein bisschen zu Ende kuren«, entgegnet das Fräulein und hat dann den Mut zu einer Pause, während der es den Blick senkt und er es mit einem gewissen Amusement und weiter zunehmendem Wohlgefallen betrachtet.

»Morgen reisen meine Eltern an«, fährt die junge Dame dann fort. »Sie haben sich unten im Dorf eingemietet. In ein paar Tagen fahren wir zusammen nach Hause. Sie wollen natürlich auch Sie kennenlernen, den großen Dichter, den vielleicht größten unserer Zeit, wie meine Mutter sagt.«

Er traut seinen Ohren kaum. Dergleichen hat er noch nicht über sich vernommen, zumal solche Lorbeeren auch anderen Kollegen zustünden, doch er wehrt sich auch nicht allzu vehement gegen diese Einschätzung und sagt nur: »Na, na, das will Ihre liebe Frau Mutter doch nicht im Ernst behaupten.«

Er muss sich anstrengen, nun nicht wieder auf die Brüste der jungen Frau zu starren, die sich während der Unterhaltung unter der Bluse auf so wunderbare Weise heben und senken. Er könnte sich ohrfeigen, denn es stört ihn nicht, dass sich hinter diesen Brüsten immerhin eine, wenn auch fast geheilte Erkrankung befindet, die ihm doch jedwede anzügliche Fantasie verbieten müsste. Er wüsste nicht mehr, wie er sie aus seinem oft genug davon geplagten Gehirn vertreiben könnte.

Als er in die Augen der jungen Frau blickt, die ihn so besonders anschaut, durchfährt es ihn, denn er sieht dort das pure Leben, so macht er es sich jedenfalls vor, und erkennt, wie sehr dieses Leben schon aus ihm selbst gewichen ist.

So beschließt er, es hier vor dem Speisesaal noch ein wenig festzuhalten, und die Begegnung mit dieser jungen Dame als Fügung zu deuten, allem Elend in seinem Leben ein vielleicht letztes Mal davonlaufen zu können.

Doch manchen Dingen kann auch die betörendste Verführung zu Leben und Zukunft keine Anziehung verleihen.

»Das mit dem Kennenlernen der Eltern wollen wir vielleicht lieber bleiben lassen«, sagt er. »Grüßen Sie Ihre Mutter von mir, aber bitte ersparen Sie mir persönliche Ehrerbietungen. Das wäre mir doch etwas unangenehm.«

Er sieht die stumme Enttäuschung auf dem Gesicht des Fräuleins und weiß, dass er nach diesem erneuten Korb erneut etwas zu retten hat, also sagt er schnell: »Aber lassen Sie uns doch spazieren gehen. Wenn Sie mögen, gleich heute Nachmittag im kleinen Park vor dem Haus. Etwas frische Luft tut ja uns beiden gut. Und Sie können mir von den Plänen erzählen, die eine junge Frau von heute so hat.«

Das fügt er mehr aus Höflichkeit hinzu.

Er ist über seinen eigenen Vorschlag beinahe erschrocken, kaum hat er ihn ausgesprochen, zumal ihm ein Spaziergang noch als Kraftakt erscheint, der ihn überfordern und in eine prekäre Situation bringen könnte. Die Aussicht auf das

Vergnügen jedoch, die junge Frau einfach nur anzusehen – und das könnte er während des Gehens ausgiebig tun –, wischt alle Bedenken beiseite.

Als Antwort holt sie tief Luft, schenkt ihm ein Lächeln und sagt mit frischer, fester Stimme zu seiner vollendeten Fassungslosigkeit: »*Dieser Park liegt dicht beim Paradies. Und die Blumen blühn, als wüssten sie's.* Ich möchte sehr gerne mit Ihnen spazieren gehen! Im Anschluss an die Teezeit um halb vier?«

Sie rezitiert seine Gedichte, sogar situationsangemessen. Das muss er erst einmal verkraften.

Doch seine Antwort lässt davon nichts erkennen: »So soll es geschehen«, antwortet er freundlich, aber knapp. Man will sich ja keine Blöße geben.

»Bis später also«, sagt sie und geht mit fast hüpfenden Schritten, wie man sie bei selbstvergessenen Kindern sehen kann, davon, während er sich mühsam in Richtung Treppe bewegt, um in sein Zimmer zu gelangen. Noch braucht er keinen Stock. Das fehlte noch.

Spätestens diese Szene – beschwingtes Fräulein, beschwerter älterer Herr – hätte ihn dazu nötigen müssen, den Spaziergang postwendend wieder abzusagen, um drohendes Ungemach fernzuhalten. Die Worte der Richtersgattin fallen ihm ein.

In allen weiteren Begegnungen wird er sich großväterlich geben, will er sich fortan vornehmen. Er trägt eine Verantwortung dieser jungen Dame gegenüber und hat sich zu benehmen, sodass sie auch nicht den geringsten Anlass zur Hoffnung hat, er könnte anderes im Sinne haben, als während eines Spaziergangs im kleinen Park mit ihr zu plaudern, eben wie ein Großvater es mit seiner Enkelin täte.

Der Whisky, auf den er sich zuvor noch gefreut hat, schmeckt ihm heute gar nicht.

Die mittägliche Suppe lässt er sich später aufs Zimmer bringen, denn er will eine Begegnung mit der Gattin des Richters a. D. tunlichst vermeiden, gerade heute. Auch das anschließende Schläfchen will ihm nicht gelingen, denn dazu ist er zu nervös. Das ärgert ihn freilich und lässt ihn nicht eben ruhiger werden. So setzt er sich an den Tisch und versucht zu schreiben, doch es will nichts aufs Blatt.

Er trinkt noch einen Schluck. Er reißt das Fenster auf und raucht eine Zigarette. Dann noch eine zweite. Und endlich, das wirkt, denn er beginnt ein unhörbares Selbstgespräch, das auch seinen Puls verlangsamt: »Willst du dich eigentlich lächerlich machen als alter Zausel? Bist du immer noch auf der Pirsch? Und bildest du dir wirklich ein, noch immer das Hengstchen vergangener Tage zu sein? Du bist doch ein kranker Mann. Und nun lässt du dir den Kopf verdrehen von einer, die es dir leicht macht, in deren Gegenwart du dich rundum gebauchpinselt fühlen kannst … Pfui. Hast du denn gar keinen Respekt, noch nicht einmal vor dir selber?«

Er kennt sich nun seit fast dreiundsechzig Jahren und kennt sich auch wieder nicht. Den Selbstekel aber kennt er wohl. Vor nicht so langer Zeit konnte er ihn, sobald sich eine Lücke dafür auftat, noch mit der nächsten Madame überdecken, und dann wieder mit der nächsten. Es war nie schwer, eine solche Madame zu finden. Oder zwei. Oder drei. Oder noch eine für alle Fälle und für ab und an. Dass sein Leben aktuell nur von zweien bestimmt ist, hält er immerhin für einen Fortschritt.

Wobei – Lotte ist eine solche Madame schon lange nicht mehr für ihn, allenfalls eine Kameradin, und eigentlich ist sie auch das nicht mehr, denn Kameraden bekriegen einander nicht. Sie halten zusammen.

Und Friedel? Was er für sie empfindet, ist zu nahe an der Liebe, als dass er dieser Empfindung mit aller Konsequenz folgen könnte. Außerdem gehört sie nicht zur Kategorie *Madame*. Bewahre! Sie ist die Mutter seines Sohnes! Und leider ist die Liebe als Gefühl für ihn seit jeher ein Ausschlusskriterium, auch wenn er gar nicht weiß, was genau dann ausgeschlossen werden soll. Oder wer.

Wenn Frauen sich verlieben, geben sie sich einer schützenden Illusion hin. Wie beneidenswert. Verliebt sich ein Mann, führt es fast zwangsläufig ins Verderben. Wie soll da etwas zusammengehen? Anders kennt er es nicht, also glaubt er auch, dass es sich mit der Liebe tatsächlich so verhält. Er muss das mal als Epigramm ausarbeiten, dann natürlich in etwas gewitzteren Worten. Die kleine Form wird ihm hier doch sicher nicht als anstrengende Arbeit ausgelegt werden. Nur dürfte der Professor an ein Epigramm *dieser* Art heute Morgen wohl nicht gedacht haben.

Er drückt auch die zweite Zigarette sorgfältig aus und wickelt sie mit der anderen in etwas Toilettenpapier, das er akkurat zusammenfaltet und in den Mülleimer wirft. Ins Zimmer strömt die Luft des Tessiner Februars und verschluckt nach und nach den Nikotingeruch, dem er schon jetzt wieder nachtrauert und den doch keiner außer ihm wahrnehmen darf.

Dann sieht er auf die Uhr: Es ist viertel nach drei. Er fühlt sich schon wieder unendlich müde, beschließt aber, dieser Erschöpfung nicht nachzugeben. Flugs noch etwas Kölnisch Wasser aufgetragen, das ergraute Haar frisiert, an den pergamentartigen Wangen gezupft zwecks der Farbe und zum Mundspray gegriffen, weil das ältere Herren ohnehin immer tun sollten. Es ist alles wie einst, wenn er auszog, um zu wildern, und doch auch nicht, denn was er da vor dem Spiegel tut, kommt ihm nun vor wie eine Maskerade. Sie wird vollends offenkundig, je näher er sich im Spiegelbild kommt.

Auch weiß er nicht, ob er nur eine zivilisierte Erscheinung abgeben oder dem jungen Ding gefallen will. Vermutlich ist es ohnehin schon erblindet vor Verehrung. So betrachtet, hätte er sich diesen Akt der Selbstrenovierung auch weitgehend sparen können. Na ja.

DER MANN IN DER MITTE

Schon als er an der Treppe ankommt, erblickt er von oben das Fräulein, das unten am Eingang auf ihn wartet, und er muss sich eingestehen, dass er sich unverstellt darüber freut.

Doch dann sieht er, dass die Gattin des Richters a. D. ebenfalls dazukommt und sich bei ihrem Schützling einhakt. Er kann sein Erschrecken darüber gerade noch verbergen, jedenfalls glaubt er das, und vergewissert sich vorsichtshalber der Nähe des Geländers.

»Die junge Dame hat mir von Ihrem Vorhaben, spazieren zu gehen, erzählt«, spricht die Richtersgattin zu ihm hinauf. »Es macht Ihnen doch nichts aus, wenn ich Sie begleite?«, sagt sie und sieht auf überraschend unverdächtige Weise freundlich dabei aus.

Er antwortet ihr nicht, denn er weiß, dass sie auf ihre Frage keine Gegenrede erwartet.

Im Gesicht der jungen Frau sieht er den Satz geschrieben: »Was hätte ich denn tun sollen?«

Während er die Treppe hinuntergeht und dabei alle Kraft aufwendet, dies möglichst unangestrengt aussehen zu lassen, sieht die Richtersgattin ihn unentwegt an. Er zwingt seinen Schritten einen regelmäßigen Rhythmus auf und behält dabei wohlweislich die Stufen im Auge, bis er sicher an der letzten angelangt ist. Das Geländer hat er noch kaum berührt.

So gehen sie zu dritt mit vorsichtigen Schritten im kleinen Park umher, vorbei an Bänken, auf deren schneebedeckten Sitzflächen man sich nicht niederlassen kann, vorbei an den Büschen und Bäumen, die nur darauf zu warten scheinen, wieder zu erblühen, und sprechen nicht. Das Fräulein geht zu seiner Linken, die Gattin des Richters a. D. zu seiner Rechten. Wieder mal darf er einen *Gesang zwischen den Stühlen* anstimmen, fürchtet er.

»Lang werde ich nicht spazieren können«, bricht er schließlich das gemeinsame Schweigen, das doch ganz unterschiedliche Gründe hat. »Es ist noch nicht so weit her mit meiner Lunge und der Ischias plagt mich heute auch.« Dies hört er sich eher sagen, als dass er sich zu diesem Eingeständnis entschlossen hätte.

»Das ist aber *sehr* bedauerlich«, sagt die Richtersgattin darauf, und er wittert etwas in ihrem Ton, das ihm nicht gefällt.

Da holt die junge Frau Luft und sagt: »Ich habe immer noch so viele Fragen an Sie und ich möchte Ihnen so vieles sagen.«

»Fragen Sie nur. Ich bin ganz Ohr«, ermuntert er sie und meint es auch so. Soll sie halt wieder fragen. »Wir haben ja nicht viel Besseres zu tun hier oben, als gesünder und an Erkenntnissen reicher zu werden.« Das glaubt er natürlich nicht einmal selbst. Trotzdem lächelt er nach diesem Bonmot still in sich hinein.

Als er einen kurzen Seitenblick auf die Richtersgattin wirft, hat er den Eindruck, dass sie im Moment anderweitig ausgelastet ist, denn sie geht neben ihm mit zusammengepressten Lippen, was er mit einer gewissen Zufriedenheit sieht. Seinen Schritt verlangsamt er auch, denn er spürt die Anstrengung des Gehens bereits, und, immerhin, die beiden Damen tun es ihm gleich.

»Sie dürfen mir glauben«, sagt das Fräulein, »ich habe mit Ihren Romanfiguren wirklich gelebt, manchmal habe ich sogar mit ihnen gesprochen, wenn ich allein war, oft während der Krankheitstage meiner Kindheit. Besonders angefreundet habe ich mich natürlich mit den Mädchen, mit Pony Hütchen, mit Pünktchen, so frech und mutig, aber doch auch so liebevoll, mit Lotte und Luise sowieso …«

Soweit lässt er sich diese Huldigung gerne gefallen. So darf es weitergehen, auch wenn er sich die Unternehmung eigentlich anders vorgestellt hat. Er nimmt sich vor, die Anstandsdame einfach auszublenden. Leichter Schneefall setzt ein, doch auch das stört ihn nicht.

»Bisweilen war ich aber auch traurig, dass in Ihren Büchern immer die Jungen im Mittelpunkt des Geschehens stehen«, sagt das Fräulein dann.

Nanu, denkt er sich. Ein erster Kritikpunkt, mutig ausgesprochen und bislang noch nie so vernommen. Aber warum auch nicht? Er will überhaupt nur noch mit Menschen sprechen, die ihm etwas Neues zu sagen haben, und beschließt, als entsprechende Würdigung mit Milde zu reagieren.

»Ist das so?«, fragt er also mit freundlicher Stimme. »Habe ich Jungenromane geschrieben, ohne es zu merken, und euch Mädchen nur in die zweite Reihe gestellt?«

Es interessiert ihn wirklich.

»Die junge Dame wird das schon richtig sehen, werter Herr«, mischt sich die Anstandsdame nun etwas atemlos ein. »Oder glauben Sie Ihrer jungen Leserin etwa nicht? Dürfen wir *Ihnen* überhaupt glauben, dass Sie ein Freund der Jugend sind? Dann müssten Sie den sehr wohl nachdenkenswerten Einwand Ihrer jungen Leserin ernst nehmen und sie nicht so herablassend behandeln.«

Er erschrickt über diese völlig unsinnigen Äußerungen, vor allem über die direkte Attacke auf ihn als Person. Weshalb dieser Überfall aus dem Nichts? Ist gar die ewige, atemberaubend dumme Eifersucht im Spiel? Die ist er so unendlich leid …

»Was sie damit ausdrücken will, ist die Frage, ob Sie als Mensch so liebenswert und verehrungswürdig sind wie als Autor, nicht wahr?«, wirft die junge Frau schnell ein, bestrebt, den Sockel, auf dem der Angeschwärmte steht, zu stabilisieren. »Man hat sich ja schon manches Mal nasführen lassen und hätte sich gewünscht, man wäre bei den Büchern geblieben und hätte von den Dunkelheiten ihrer Verfasser nie etwas erfahren«, behauptet sie, und er findet das erstaunlich klug. Ihm würde da selbst manches Kollegenbeispiel einfallen. »Ich bin aber sicher, dass wir eine solche Enttäuschung von *Ihnen* nicht befürchten müssen. Sie haben das gute Herz, mit dem Sie schreiben, nicht nur ausgeliehen. Es ist ihr eigenes. Das spürt und sieht man. Das spüre und sehe *ich*.«

Es gäbe genügend Gründe, zu widersprechen, doch er widerspricht diesem bemerkenswerten Geschöpf nicht, sondern dreht sich zu ihm und sieht die nun sehr geröteten Wangen, das Beben, das durch die Brust fährt, die feuchten Augen. Für diesen Anblick, vor allem aber für ihre feurige Rede, könnte er dieses wundervolle Fräulein augenblicklich küssen. Vor noch nicht so langer Zeit hätte er das auch getan. Nun muss er an sich halten, um seine Aufwallung mannhaft zu verbergen, was ihn eindeutig zu viel Kraft kostet. Er verflucht diesen Körper, der ihm nicht mehr gehorcht, und er verflucht diese Krankheit, die den Trieb sowieso aus ihm vertreibt, langsam und gewiss, bis er einmal nur noch eine Erinnerung sein wird.

Doch schlimmer noch ist, woran er chronisch leidet, beinahe immer schon: zwischen Frauen zu geraten und sich dabei selbst zu verlieren. Er hätte sich also nur selbst zu verfluchen, doch was würde das schon helfen?

»Was Sie zu spüren glauben, können Sie noch gar nicht wissen, jung wie Sie sind«, befindet die Richtersgattin plötzlich streng. »In der Jugend hat man bekanntlich viele Überzeugungen, von denen man sicher ist, sie sich auf ewig zu bewahren, doch genau das Gegenteil tritt ein, wenn man einmal ein gewisses Alter erreicht hat. Sicher Geglaubtes zerfließt, bis die Erfahrung das Zerflossene auffängt und in Weisheit verwandelt. Das ist jedoch nicht jedem gegeben.«

Er zuckt zusammen über dieses schiefe Bild, und weil er es trotzdem versteht, stimmt er der Richtersgattin im Nachgang zu, wenn auch mit Widerwillen.

Muss er nun etwas erwidern oder sich in diesem merkwürdigen Disput gar auf eine Seite schlagen? Er muss es nicht, denn die wunderbare junge Frau entgegnet: »Zugleich hat man nie mehr im Leben Ideale, wie man sie in der Jugend hat. Das ist etwas wert, finden Sie nicht? Ich habe das Ideal, dass Worte die Welt verändern, ja, besser machen können. Und dieser große Dichter hier hat die Welt besser gemacht!«

Er gibt sich alle Mühe, diese Rede nicht innerlich als pathetisch abzuhaken, die Bewegung zu verbergen, die sie in ihm ausgelöst hat. Schon sehr lange hat er sich nicht mehr so verstanden gefühlt. Er schweigt und hofft, dies möge ihm als Bescheidenheit ausgelegt werden.

Die drei gehen noch ein Stück, aber kaum haben sie die Längsseite des kleinen Parks hinter sich, steht die Stirn des Mannes in der Mitte schon voller Schweiß. Allein die Anstrengung ist es nicht, die ihn heraustreibt. So weitläufig man ins Tal schaut, so eng ist ihm zumute. Er lockert seinen Schal und stöhnt vor Erleichterung ungewollt auf, was ihm noch unangenehmer ist.

»Geht es Ihnen nicht gut?«, fragt die junge Frau und hat ihre zarte Hand auf seinen Oberarm gelegt. Die Berührung tut ihm wohl. Sie sieht ihn an und fragt weiter: »Ist der Gang zu viel für Sie, sind Sie müde?«

Wenn sich eine Frau doch einmal so um ihn sorgte wie diese bezaubernde junge Dame. Es tun immer die Falschen.

»Da hat sich möglicherweise jemand überschätzt«, bemerkt die Richtersgattin.

Jemand. Er erschaudert ob der Kälte, die von der alten Dame ausgeht, und versteht die Verwandlung von der mütterlichbesorgten Tischgesellin zur spitzzüngig-sarkastischen Gouvernante immer noch nicht. Wenn sie ihn auf diese Weise in die Flucht treiben wollte, so ist ihr das allerdings gelungen.

»Ja, ich werde besser ins Haus zurückgehen. Es tut mir leid. So ein Spaziergang ist mit mir wohl noch nicht zu machen. Bitte entschuldigen Sie.«

»Soll ich …«, setzt die junge Frau noch an.

Nein, sie soll nicht, auch wenn es ihn schmerzt, sie so stehen zu lassen. Er hebt abwehrend die Hand und dreht sich um, ohne ein weiteres Wort zu sagen.

Auf dem Weg zurück, den er mit kleinen Schritten nimmt, schüttelt er den Kopf darüber, wie sich soeben Zuneigung und Missgunst, Verehrung und Abneigung auf das Absurdeste duelliert haben und wie er das vor einer Viertelstunde nicht für möglich gehalten hätte. Es muss ein Fluch auf seinem Dasein liegen, immer der Gegenstand von Dramen mit Damen zu sein. Zugleich ist die Beschäftigung mit dem Weiblichen ein Drang, ein Sog, ein Fluch, gegen den er kein Mittel kennt und kennen will.

Um nicht alles restlos einstürzen zu lassen, hebt er noch einmal versöhnlich den Arm und winkt, ohne sich jedoch umzudrehen. Er wähnt die beiden, ihm vermutlich nachsehend, immer noch an der Stelle, wo er sie verlassen hat. Doch was werden sie nun miteinander anfangen? Eine Kurtochter hat sich einer selbsternannten Kurmutter widersetzt und ihre Fürsorge mit Füßen getreten. Das könnte sich rächen. So sieht er es. Und ist anhaltend erstaunt und mit einem Mal auch ein wenig stolz darauf, welche Aufwühlung er offenbar – trotz nahender Vergreisung und krankheitsbedingter Schwäche – hervorzurufen imstande ist.

Am Eingang nimmt ihn eine der Schwestern in Empfang, die schon von Weitem erkannt haben muss, dass sie gebraucht wird. Sie verordnet ihm mit kraus gezogener Stirn, sei es aus Vorwurf, aus Sorge oder beidem zugleich, ein heißes Wannenbad und anschließende Bettruhe. Das ist ihm einigermaßen recht. Zum Aufwärmen hätte ihm ein Glas des braunen Trostes allerdings auch genügt, um nicht zu sagen, er hätte es vorgezogen. Doch warum sollte er nicht beides haben können?

Er schleppt sich also noch einmal in sein Zimmer, verabreicht sich seine Privatmedizin, schiebt sich ein Pfefferminzbonbon in den Mund und tastet sich schließlich im Bademantel

auf schwachen Beinen hinab in die Unterwelt der Wannen-
bäder, wo er sich darauf freut, gründlich abzutauchen und ein-
zuweichen, am besten bis an den Rand der Selbstauflösung.

EINE AUFGABE

Nach dem kurzen Spaziergang zu dritt hat die Richtersgattin ein seltsames Gefühl beschlichen. Und so drängt es sie hinauf in ihr Zimmer, weil sie allein sein will, irritiert davon, etwas zu empfinden, das sie nicht einordnen kann.

Langsamer als sonst zieht sie den schweren Wintermantel und die nassen Schuhe aus, als wollte sie den Beginn der Nachdenklichkeit hinauszögern. Dann setzt sie sich in ihrer Wolljacke ans Fenster, und während sie dort der Dämmerung dabei zusieht, wie diese sich sanft auf den Goldhügel legt, gesteht die alte Dame sich endlich ein, dass sie ein schlechtes Gewissen hat. Zuvor im Park ist sie schon wieder nicht besonders nett gewesen zu diesem berühmten, vor allem aber so nachdenklichen und feinsinnigen Mann mit den dunklen Augen und der sonoren Stimme, deren Wirkung auch ihr nicht verborgen bleibt. Zugeben würde sie das freilich nie.

Er ist ein Mann, wie sie keinen anderen kennt, und mit dem eigenen, der sie zu Hause noch nicht einmal zu vermissen scheint, hat der Dichter schon gar nichts gemein. Zu gerade einer Postkarte und einem kurzen Brief hat der kalte Klotz von Gatte sich in all den Wochen der Kur herabgelassen. Und wenn sie ihn anrief, um ihm von ihren Kurerfolgen zu berichten, war er wortkarg wie immer.

Eine Überraschung war dieses Verhalten im Grunde nicht. Erst hier auf dem Goldhügel hat sich das dauerhafte Frösteln ein wenig gelegt, das sie schon seit geraumer Zeit in seiner Gegenwart verspürt.

Nun fragt sie sich, wie sie zurückkehren soll zu diesem Menschen, der sie einst so schnell für sich eingenommen hat, um sie ab dann in Kaskaden chronischer Interesselosigkeit zu enttäuschen. Welch anderes Leben sie hätte führen können. Doch sie weiß: Für vieles, fast alles, ist es nun zu spät. Es bleibt ihr nur die Hoffnung, dass es ihr gelingen wird, sich damit zu versöhnen.

Sie wird sich Aufgaben suchen müssen, sagt sie sich, falls ihr noch ein paar gute Jahre bleiben. Körperlich ist sie fast gesund. Mit ihrer wiedererlangten Kraft könnte sie sich anderer Menschen annehmen, die ihre Hilfe benötigen. Ihr junger Schützling auf dem Goldhügel, die junge Dame, gehört gewiss dazu. Sie wird wohl noch ein bisschen auf sie achtgeben müssen, um eine Katastrophe von ihr abzuwenden. Denn der berühmte Patient, so viel steht für sie fest, wäre das Verderben für das arme Kind, wenn sie sich nicht zwischen die beiden stellt. Er mag den freundlichen älteren Herrn mimen, der keinem etwas Böses will, sich gar hinter seiner körperlichen Schwäche verbergen, und ist letztlich, in seinem Kern, doch nur ein Mann wie die meisten anderen. Sie sieht ja genau, welche Blicke er der jungen Frau zuwirft, und wenn er noch so sehr glaubt, er tue dies unentdeckt. Hat er sich ihre Rede im Speisesaal gar nicht zu Herzen genommen?

Nun weiß die Richtersgattin wieder, wie angebracht es tatsächlich war, dass sie ihn während des Spaziergangs so kühl behandelt hat, und ärgert sich beinahe über ihr eben noch empfundenes schlechtes Gewissen. Er hatte ganz einfach noch eine Warnung nötig. Die hat er bekommen.

Mittlerweile ist es dunkel geworden, doch im Gemüt der Richtersgattin ist es jetzt ganz hell. Sie streicht versonnen über ihre Wolljacke und stellt zufrieden fest: Die erste Aufgabe ist nicht nur gefunden, sondern in vollem Gange.

IM BADE

Man hat ihm ein Eukalyptusbad eingelassen. Es kostet ihn einiges an Mühe, über den Wannenrand zu steigen, doch als er endlich auf dem Rücken liegt und ihm die Augen sofort zufallen, hat er das Paradies betreten. Zum Nachgeschmack von Whisky und Bonbon gesellen sich die Dämpfe, die er tief in sich aufnimmt. Wie gut ihm das tut, muss ja niemand erfahren.

Im Baderaum reiht sich Wanne an Wanne. Hier könnte man ein vergnügliches Massenplanschen veranstalten. Auch gegen eine sorgfältig ausgewählte Geschlechterdurchmischung hätte er nichts einzuwenden.

Vergäße man ihn an diesem Ort, so fantasiert er, ergäbe er sich wohl friedlich in dieses Schicksal. Er würde immer wieder heißes Wasser auffüllen und darauf hoffen, irgendwann von einem süßen Herztod dahingerafft zu werden. Man könnte sich schlechtere Todesarten vorstellen. So er die Wahl hätte, würde er es selbstredend vorziehen, zwischen den Brüsten einer ihm liebevoll zugeneigten Dame das Zeitliche zu segnen. Doch welcher Dame wollte man die Scherereien, die sie in der Folge hätte, schon zumuten?

Der Dampf im Baderaum trübt ein wenig die Sicht. Man hört nur ein gelegentliches Plätschern. Es kommt aus einer anderen Ecke des Raumes, also muss da noch jemand sein. Er räuspert sich vorsichtig und löst prompt einen Husten aus.

Da meldet sich eine Stimme aus der Ecke, in der er den »noch jemanden« wähnt. Es ist eine heisere Männerstimme und sie klingt alt: »Ist da noch wer?«

»Ja, da ist noch wer. Man hat uns hier gemeinsam zu Wasser gelassen«, versucht er zu scherzen.

»Mit wem habe ich denn das Vergnügen?«, fragt der andere zurück.

Er nennt seinen Namen und sagt: »Sehr erfreut.«

»Ach …«, antwortet der Mann, »dann kennen wir uns ja. Sitzen Sie nicht im Speisesaal mit den beiden Damen nahe am Fenster? Wir grüßen uns manchmal.«

»Das ist in der Tat so«, bestätigt der Angesprochene dem Mann im Dampf, den er nun als den Emil-Wiedergänger zu erkennen glaubt, den Mann, der ihn an den Vater erinnert.

»Dann darf ich gratulieren. So viel Glück hat hier nicht jeder«, sagt der Mann, und man hört ein Schmunzeln in seiner Stimme.

»Sie finden, ich habe Glück?«

»Sie sitzen als Einziger mit zwei Damen zusammen, und beide sind doch sehr charmant, nicht wahr?«

»Zu diesem Eindruck könnte man von außen betrachtet sicherlich kommen«, erwidert der Dichter.

»Ich teile nur mit einem italienischen Herrn den Tisch, der nicht viel sagt«, klagt der Alte. »Ich würde ihn auch gar nicht verstehen.«

»Das tut mir leid«, bekennt der Lakoniker ganz ohne Ironie.

Dann schweigen beide wieder und nur das Plätschern aus der einen oder anderen Wanne ist ab und an zu hören.

So gern er sich hier im Dampf des Bades verborgen hätte, auch um zu vergessen, was er heute bereits Peinsames im kleinen Park erlebt hat, so unangenehm ist ihm jetzt, dass er die Konversation nicht weiter voranzubringen weiß. Doch das ist gar nicht nötig, denn der Mann beginnt von selbst zu erzählen.

»Darf ich Ihnen etwas sagen?«, fragt er und wartet die Antwort gar nicht erst ab. »Ich bin nun schon ein alter Mann. Trotzdem hat man mich noch hierhergeschickt. Ich habe eine Lungenentzündung knapp überlebt, wie ich schon so vieles überlebt habe. Zwei Weltkriege. Im ersten habe ich selbst gekämpft. Dann kamen zwei Ehen. Ein Kind ist als Säugling verstorben, ein Sohn gefallen.« Ihm scheint die Stimme wegzubrechen, was dem Dichter unangenehm ist. Doch dann spricht der Alte zu seiner Erleichterung weiter: »Ich habe auch schon immer getan, was andere wollten, und habe fast nie darüber nachgedacht, was ich selber wollte. Ich war Soldat und habe nicht darüber nachgedacht, ob ich Soldat sein will. Eine Ehefrau hat mich verlassen und ich habe nichts dagegen getan. Die zweite wäre vielleicht geblieben, doch dann ist sie gestorben. Danach habe ich mich in den vorzeitigen Ruhestand schicken lassen, obwohl ich noch nicht bereit dazu war. Meine Tochter hat mich in ihr Haus zu ihrer lauten Familie geholt, doch wäre ich ehrlich zu mir gewesen, wäre ich lieber allein geblieben. Mit mir konnte man ein ganzes verdammtes Leben lang machen, was man wollte.«

So sehr er sich dagegen wehrt, so sehr hat er doch das Gefühl, als befinde er sich mit einem Menschen im Raum, der ihm auf unheimliche Weise Vertrautes erzählt. Was dieser Mann ihm einfach so mitteilt, wie alte Menschen das oft ungefragt tun, wenn sie sich einsam fühlen, kommt ihm furchtbar bekannt vor. Wie gut, dass niemand sehen kann, wie ihn dies bewegt.

»Bitte entschuldigen Sie, dass ich Ihnen all das aufnötige«, spricht der Alte weiter, »wir kennen uns ja gar nicht. Doch schon als ich Sie zum ersten Mal gesehen habe, wusste ich, dieser Mann, mag er auch jünger sein als ich, hat auch schon einiges hinter sich. Ich habe es an Ihren Augen erkannt.«

Er weiß nicht, was er dazu sagen soll.

»Ich höre auch gleich auf, doch vielleicht darf ich Ihnen abschließend einen Rat geben.« Der Alte macht eine bedeutsame Pause. »Schleichen Sie nicht, wie ich, durchs Leben und fressen Sie nicht alles, was es Ihnen vorsetzt. Man vergiftet sich und wird krank davon. Ich wurde krank davon. Alles, was ich nicht verdauen konnte, fing zu gären an, ist mit der Zeit aufgequollen und hat auf meine Lunge gedrückt.«

Diese Vorstellung erquickt den Zuhörenden nicht, doch das behält er für sich.

»Am Ende meines Lebens hat das Leben selbst es mir gezeigt. Ich war … ich *bin* selber schuld. Und deshalb will ich auch nicht mehr gesund werden. Es wäre unpassend. Ich hätte es nicht verdient. Doch das verrate ich keinem, nur Ihnen.«

Er hört, wie dem Alten am Ende seiner Sätze immer häufiger und schneller die Luft ausgeht, was ihn unruhig werden und nach der Alarmkordel tasten lässt, doch der Mann setzt noch einmal an: »Seien Sie klüger als ich – und mutiger. So darf man das Leben nicht vergeuden. Nehmen Sie es bei der Hand und führen Sie es wie ein ganzer Mann, solange Sie noch Gelegenheit dazu haben.«

Er merkt nun, dass er während der Ansprache des Alten tatsächlich den Atem angehalten hat und bekommt vor Schreck einen weiteren Hustenanfall, den er versucht zu übertönen, indem er mit einer Hand das Badewasser so geräuschvoll wie möglich um sich herum verteilt. Wie unpassend, nun zu husten, als sei es ein Kommentar, denkt er, doch irgendwie ist dieser Anfall auch willkommen, weil er eine zu große innere Bewegung in ihm knapp verhindert hat.

Nehmen Sie das Leben bei der Hand und führen Sie es wie ein ganzer Mann. Selbst wenn er es wollte, wird er diesen schmerzhaften Satz nicht mehr vergessen können.

In diesem Moment geht das Licht im Vorraum an und beleuchtet die Reihen der Wannen gerade so viel, dass man etwas erkennen kann. Auch die Badedämpfe sind weitgehend verzogen. Nun kann er dem Alten endlich ins Gesicht sehen und ihm für seine Worte danken. Als er in dessen Ecke blickt, stellt er fest, dass alle Wannen unbesetzt sind. Sie stehen humorlos in Reih und Glied, in keiner befindet sich Wasser und schon gar nicht der Alte. Er ist nirgendwo zu entdecken.

Als die Schwester hereinkommt, um ihm aus der Wanne zu

helfen, will er von ihr wissen, wo denn der alte Herr geblieben sei, der eben noch in einer der Wannen dort hinten …

»Ich verstehe nicht. Welcher alte Herr?«, fragt die Schwester und scheint wirklich nicht zu wissen, wovon er spricht. »Sie waren die ganze Zeit allein hier, damit Sie Ihre Ruhe haben«, versichert sie, »Anordnung vom Professor. Nun stehen Sie mal langsam auf, damit wir Sie anständig aus dem Wasser kriegen.«

Während er sich abtrocknet und unter erneuten Schweißausbrüchen ankleidet, blickt er immer wieder umher, auch in der Hoffnung, der Alte habe vielleicht ein Kleidungsstück liegen gelassen, gern auch nur ein Taschentuch. Doch im Baderaum ist alles leer und still. Nur die nicht mehr ganz junge Schwester wartet diskret am Eingang. Sie wird sich ihren Teil denken und sich von einem wunderlichen Patienten, als der er ihr erscheinen muss, eh nicht mehr beeindrucken lassen.

Dir hamse wohl als Kind zu heiß jebadet, wa'?, fällt ihm ein. So hat er es in Berlin gehört und musste oft genug darüber lachen. Doch zum Lachen oder Schmunzeln ist ihm jetzt nicht zumute. Ihm ist vielmehr, als habe er einen Freund verloren, von dem er gar nicht wusste, dass er ihn hatte. Der Mann mit dem Emil-Gesicht, dem Gesicht seines eigenen stets zu weichen und wohl auch falschen, aber doch einzigen Vaters.

Hätte er mal so mit ihm gesprochen. Es wäre ihm vielleicht vieles erspart geblieben.

TRAUM UND GESPRÄCH

Die Schwester hat ihn auf die »Zelle« begleitet, ihn auf der Treppe sogar gestützt, was ihn erst ärgerte, dann aber erleichterte, und lässt keine Zweifel an der Order aufkommen, dass er nun zu ruhen habe. Sie zieht den Vorhang zu, weist ihm den Weg ins Bett, und er fügt sich. Noch nicht einmal die Privatmedizin drängt es ihn noch zu nehmen.

Die Schweißausbrüche lassen langsam nach, als er endlich liegt. Die Decke hat er bis zum Kinn hochgezogen. So hat man einst als Kind gelegen. Das Wangenstreicheln der Mutter und ihr Lächeln zu sehen, wenn sie bei ihm am Bett saß, war das Schönste am Kranksein. Man hätte gar nicht sehr schnell gesund werden mögen, so schön war es.

»Nur du und ich, Muttchen«, murmelte er immer wieder, wenn er schon ganz schläfrig war, und sie flüsterte zurück: »Ja, nur du und ich, mein lieber, guter Junge, nur du und ich.«

Dergleichen vermochte ihm nach der Mama niemand mehr zu geben. Dergleichen wird ihm auch die handfeste Schwester nicht geben können, geschweige denn wollen. Und sie soll es ja auch nicht. Flink legt sie noch seine Kleider auf dem Sessel zusammen, hängt den Bademantel in den Schrank – eine Schrecksekunde für ihn –, wünscht ihm herzhaft »A guadde Ruh'« und eilt neuen Aufgaben entgegen, nachdem sie die Tür überraschend behutsam zugezogen hat.

Bevor er mit bleiernen Gliedern in die nächste Schlafkur abtaucht, lässt er sie alle noch einmal auf seiner Geistesbühne auftreten.

Ihr naht euch wieder, schwankende Gestalten …

Die Gattin des Richters a. D. und ihre wissenden Augen blendet er schnell wieder weg.

Die junge Frau mit ihrem hübschen, ernsten Gesicht schaut ihn direkt an und hat eine Frage im Blick, die er nicht kennt. Und er weiß nicht, ob er sich der Gefahr aussetzen will, diesem wunderbaren Geschöpf bald wieder zu begegnen. Er würde dieses Antlitz gerne einmal in beide Hände nehmen und küssen. Er sieht sich an ihre Tür klopfen und ihm wird aufgetan. Wie oft hat er das an so vielen Türen schon erfahren. Er sieht vor sich, wie das Fräulein ihn, noch ungläubig ob seines Besuchs, aber schon glückselig, mit einem Arm umfängt, während es mit der anderen Hand die Tür schließt und ihn dann auf das Bett zieht. Doch er kennt ja noch nicht einmal die Zimmernummer.

Jeden weiteren Gedanken greiser Lust verbietet er sich, anfallsartig angeekelt von sich selbst. Er könnte sich ohrfeigen, wenn er nicht zu schwach dazu wäre.

Ja, für eine wie sie könnte er alles sein, doch als Mann »alles« für eine Frau zu sein, findet er so unendlich anstrengend. Man ist gut beraten, es so weit gar nicht kommen zu lassen.

Dann Lotte. Auch das Vorbeiziehen ihres Gesichts voller Schmerz und Zorn nötigt er sich kurz ab. Aus Pflichtgefühl. Na ja.

Friedel hingegen ist ihm sehr willkommen.

Für einen Moment will sich das Fräulein noch einmal ins Bild drängen, und auch Lotte schiebt sich dazwischen, doch Friedel haucht ihm mit ihren süßen Lippen einen Kuss zu und hat beide schon wieder vertrieben.

Übrig bleibt einmal mehr, dass er fürchtet, wenn er nun einschläft, nicht mehr zu erwachen.

Morgen früh, wenn Gott will ... Eine schreckliche, eine immer schon verhasste Liedzeile, selbst aus dem Munde der Mama.

Endlich lässt er sie in seinen Fantasieraum eintreten. Die Mama. Nun, da sie fast an seinem Bett sitzt wie einst, was ihm eine einzelne, ganz und gar überraschende Träne entlockt, kann er sich dem Schlaf überlassen.

Er läuft an Bahngleisen entlang und spürt unter seinen Füßen, wie sie vibrieren. Sein Körper ist der eines Mannes, und doch ist er nur so groß wie ein Kind. Er trägt Knickerbocker, eine Schiebermütze und einen Rucksack voller Steine auf dem schmalen Rücken. Er läuft und läuft und scheint kein Ziel zu haben.

In größerer Distanz sieht er eine Menschentraube, die sich um eine stehende Lokomotive gebildet hat. Sofort überfällt ihn eine tiefgehende Angst und er beginnt loszurennen, doch seine Beine wollen ihn nicht recht tragen. Immer wieder taumelt er nur voran, stolpert, fällt auf die Gleise und fürchtet, bereits schweißüberströmt, von einem vorbeibrausenden Zug überfahren zu werden, wenn er nicht schnell genug wieder aufsteht. Der Rucksack zieht ihn zu Boden, wieder und wieder.

Er ist bei der Lokomotive angelangt und drängt sich sofort zwischen den sichtlich aufgeregten Menschen hindurch, weil es da offenbar etwas zu sehen gibt, und er sieht – die Mama, sein Muttchen. Sie liegt auf den Gleisen vor der Lok und weigert sich aufzustehen. »Da bist du ja, mein lieber Junge«, sagt sie, als sie ihn erblickt, und winkt ihn heran. »Komm nur zu mir und leg dich dazu. Diese Leute können uns nichts anhaben. Solange wir hier zusammen liegen, kann die Lok nicht weiterfahren.«

Er nickt, setzt den Rucksack ab und beginnt sich auszuziehen. Ungeachtet der Empörungslaute, welche die umstehenden Menschen ausstoßen, entkleidet er sich weiter, behält nur die Unterwäsche an und schmiegt sich schließlich an die Mama. Die aber sagt: »Der Rucksack, mein Junge.«

So steht er noch einmal auf, um sich ihn wieder auf den Rücken zu schnallen.

»Nun komm«, lädt das Muttchen ihn, nun lächelnd, erneut ein, sich zu ihr zu legen. Er rollt sich vor ihrem Bauch zusammen. Sie umfasst ihn und streichelt seinen Kopf.

Dann ertönt eine Stimme aus dem Führerhäuschen: »Was soll das hier werden? Soll ich mich auch noch dazulegen oder geht es weiter?«

Er erkennt die Stimme nicht, doch im Führerhäuschen sitzt er selbst, im feinen Anzug. Er ist etwa dreißig Jahre alt.

»Es geht nicht weiter«, sagt die Mama streng. »Und dazulegen kannst du dich auch nicht.«

Die Menschen haben sich verflüchtigt. Nur ein Mann ist stehen geblieben und sieht in die Ferne. Es ist der Emil-Vater.

Da beginnt die Lok, sich zu bewegen. Sie fährt rückwärts auf ein Nebengleis, und es sieht fast elegant aus. Dort steht sie wieder still und sein großes Selbst verlässt das Führerhäuschen, geht die Gleise entlang, weiter, weiter.

Mit diesem Bild schlägt er die Augen auf, weil er eine Berührung spürt. Neben ihm steht eine Schwester, die er noch nie gesehen hat, und fühlt seine Stirn. Als sie bemerkt, dass seine Augen geöffnet sind, spricht sie ihn mit unbewegter Miene an: »Da ist eine ungute Glut. Ich gebe Ihnen etwas dagegen. Und für den Schlaf.«

Er versteht kaum, was sie zu ihm sagt, sehnt sich in den Traum zurück, weil er das Gefühl hat, ihn und auch die Mama unfreiwillig verlassen zu haben. In ihren Armen auf den Gleisen und eine stillstehende Lok. Aus seinen Augen rollt Tränenflüssigkeit, ohne dass er behaupten könnte, er würde weinen. Die Schwester muss es bemerken, doch sie sagt nur: »Setzen Sie sich bitte auf und trinken Sie.«

Sie reicht ihm ein Glas Wasser. »Und Ihren Pyjama müssen Sie auch wechseln«, weist sie ihn an.

Er bemerkt, dass er das allerdings tun muss, denn der Pyjama ist völlig durchgeschwitzt. Während er sich im Sitzen das Oberteil auszieht, wendet die Schwester sich ab. Doch was gäbe es schon zu sehen? Er fühlt sich alt und jämmerlich.

Es muss mitten in der Nacht sein. Nur das kleine Lämpchen an seinem Bett ist angeschaltet und wirft einen traurigen kleinen Lichtkegel auf den Nachttisch.

»Wie spät ist es?«, fragt er die Schwester.

»Gleich drei Uhr«, antwortet sie knapp, während sie Medizin in einem Becher verrührt und ihm reicht. Als er ihn ausgetrunken hat, lässt er sich ins Bett zurückfallen und schließt sofort die schmerzenden Augen.

»Schlafen Sie nun«, sagt sie, knipst das Lämpchen aus und lächelt noch immer nicht. Er hört es an ihrer Stimme.

Er fühlt sich elend, trotz ihrer Umsorgung. Er weiß nicht warum, doch er will noch nicht, dass sie wieder aus dem Zimmer geht. »Wie viele Patienten sind hier schon gestorben?«, hört er sich hastig fragen und weiß nicht, wie diese Worte seinem Mund entschlüpfen konnten.

»Ich habe sie nicht gezählt«, antwortet sie und setzt sich zu seiner Beruhigung auf den Hocker vor dem Waschbecken. »Die Menschen kommen hierher, um eine Besserung ihres Zustands zu erreichen, doch nicht für alle erfüllt sich dieser Wunsch«, fährt sie fort. Es scheint ihr nichts auszumachen, darüber zu sprechen, und er wird ganz ruhig dabei.

»Nach all den Jahren weiß ich schon bei der Ankunft, ob sie es schaffen.« Ihre Stimme wird warm. »Ich sehe es ihnen an, ob es ihre vorletzte oder gar letzte Station sein wird.«

Er öffnet die Augen und blickt in der Dunkelheit in ihre Richtung. »Sie erkennen den nahenden Tod?«, will er wissen und fühlt sich plötzlich ganz wach.

»Alle habe ich gepflegt, manchmal gepflegt bis zum Tode. Und es in den Gesichtern erkannt und schon heimlich geweint, als alle anderen sich noch an die Hoffnung klammerten.«

Er atmet langsam ein und aus. In seiner Brust rasselt es nur ganz vorsichtig.

Er muss es jetzt fragen: »Was sehen Sie in meinem Gesicht?«

Die Schwester schweigt für eine ganze Weile. Er ist erstaunt, dass ihn das gar nicht beunruhigt. Er liegt in der Dunkelheit und kann warten.

»Sie werden lange bleiben, aber Sie werden es schaffen«, sagt sie schließlich, als er fast schon wieder eingeschlafen ist.

»Doch Sie müssen etwas dafür tun«, fügt sie noch hinzu.

Für einen Moment heben sich seine Lider noch. Möchte er wissen, was das wäre?

Die Schwester wartet nicht, bis er sie fragt, und sagt: »Sie müssen ihren Ballast abwerfen. Sie haben schwer daran zu tragen. Er schadet ihrer Lunge und ihrem Herzen. Und anderen Menschen auch. Sie müssen freier atmen.«

Er sieht sich, wie eben noch im Traum, die Bahngleise entlanglaufen, den Rucksack auf dem Rücken, und weiß, dass sie recht hat.

Ob er das morgen noch so sehen wird, weiß er aber nicht.

»Und halten Sie sich fern von Bahngleisen«, rät sie ihm noch. Dann steht sie auf.

Er hofft, sie würde noch etwas sagen, bis er begreift, dass sie schon alles gesagt hat, und weiß nicht, ob er das bedauern oder begrüßen soll. So sagt er einfach nur: »Danke.«

Da ist sie schon zur Tür hinaus.

Wenn man es sich einrichten könnte, dann zu sterben, wenn man den richtigen Zeitpunkt dafür erkannt hat, notfalls auch mittels eines pünktlich eingereichten Antragsformulars, würde man nun sterben wollen. Doch so einfach ist es eben nicht. Die Natur will es anders. Ob dies auch ein Gott will, findet er nach wie vor sehr zweifelhaft. Bislang hat sich ihm ein solcher jedenfalls noch nicht vorgestellt. Deshalb schläft er erst einmal weiter.

EIN BRIEF

Man lässt ihn schlafen. Als er am späten Vormittag, es ist nach zehn, die Augen öffnet, fühlt er sich gut, wie er mit einer gewissen Vorsicht feststellt. Er sollte inzwischen geübter darin sein, herauszufinden, wie es um seine körperliche Befindlichkeit genau bestellt ist.

Er liegt auf dem Rücken und sieht an die Decke. Den gestrigen Tag mit all seinen eigentümlichen Begegnungen hat er noch ganz vor Augen, und zugleich wirken die einzelnen Szenen schon weit weg. Ob er sie doch nur geträumt hat? Es ist ihm auf vergnügte Weise einerlei. Nur die Worte der Schwester haften noch an ihm wie eine kühle Mahnung.

Am liebsten würde er noch sehr lange in seinem Zimmer bleiben. Er will nachdenken, gleichwohl nicht zu intensiv sowie thematisch sorgsam ausgewählt, und möglichst wenigen Menschen begegnen müssen. Er ersehnt den Eintritt in einen elfenbeinturmhaften Dauerzustand des nicht enden wollenden Denkens, Lesens, vielleicht sogar Schreibens. Doch ein Hustenreiz nötigt ihn dazu, sich daran zu erinnern, dass er ein hauptamtlicher Patient und kein nebenberuflicher Kurgast ist.

»Du bist krank, alter Junge. Merk es dir endlich und gesunde«, sagt er zu sich, ohne diese Selbstermahnung wirklich ernst zu meinen.

Für seine Verhältnisse beherzt schlägt er die Bettdecke zurück und setzt sich auf. Er betrachtet, wenn auch noch mit kleinen Augen, sein Zimmer, das er immer seltener als Zelle empfindet, und merkt, dass er sogar beginnt es liebzugewinnen. Den Blick aus dem Fenster auf die umliegenden Hügel. Die vertraute Schreibmaschine auf dem kleinen Tischchen. Das Bild neben dem Schrank, das den kleinen Park vor dem Haus in sommerlicher Blütenpracht zeigt. Eine Andeutung in Richtung kommender, wenn auch noch ferner Tage, auf die er sich insgeheim ein bisschen freut.

Sein Blick fällt auf die Schranktür. Ist sie etwa nicht ganz geschlossen wie sonst immer? Er muss sich vergewissern. Sie steht wirklich einen kleinen Spalt offen. War die Schwester dort zugange? Hat sie die Flasche entdeckt? Sie hat es nicht, stellt er unendlich erleichtert fest und beschließt, nicht mehr weiter darüber nachzudenken.

Auf diesen Schreck muss er sich ein Gläschen gönnen, und als er es tut, merkt er, dass es ihm das Frühstück mühelos ersetzen wird. Nun könnte man sich frohgemut ans Schreiben machen. Der Tag beginnt vortrefflich.

Dann hört er Schritte und ein Rascheln an der Tür. Er überlegt, sie zu öffnen, und hat ein Gefühl, das er nicht benennen kann. (Als ob er jemals eines hätte in Worte fassen können.) Also späht er durch das Schlüsselloch, obwohl ihm das reichlich schäbig vorkommt. Dort sieht er, wie das Fräulein sich zum Boden neigt. Sein Herz beginnt zu rasen, doch die Tür öffnet er noch immer nicht, obwohl es so leicht wäre, die junge Frau einfach und endlich hereinzubitten. Stattdessen tritt er einen Schritt zurück. Zu seinen Füßen sieht er nun einen Umschlag, den das Fräulein unter der Zimmertür durchgeschoben hat. Sein Herz galoppiert ihm fast davon. Er muss lesen, was die junge Frau ihm mitzuteilen hat, und fürchtet zugleich, es zu bereuen.

Weil es ihm schwerfällt, sich zu bücken, beugt er sich in umständlichen Verrenkungen sehr langsam hinab, um den Umschlag aufzuheben. Schon tritt Schweiß auf seine Stirn. Er wankt zurück zum Bett und lässt sich vorsichtig darauf nieder.

Auf dem Umschlag sieht er seinen Namen in einer geschwungenen und zugleich sehr klaren Handschrift. Auf dem Bogen darin liest er:

Lieber, verehrter Lieblingsdichter,
seit unserem kurzen Spaziergang im Park gestern Nachmittag
habe ich Sie nicht mehr gesehen. Das macht mir Sorgen.
Geht es Ihnen gut? Von mir selbst kann ich das leider nicht
sagen. Ich habe das Gefühl, mich bei Ihnen unmöglich
gemacht, ja, mich blamiert zu haben. Ich bin nur ein junges
Mädchen

– an dieser Stelle lächelt er still –

und habe mir angemaßt, mit Ihnen, dem großen und
wunderbaren Schriftsteller, ein Gespräch führen zu wollen,
zu dem ich doch gar keine Berechtigung und schon gar
nicht die Fähigkeit habe. Danach fühlte ich mich, als sei
die Pneumonie zurückgekehrt, denn mir wurde der Atem
ganz eng.

Er ist darum bemüht, sich dies nicht näher vorzustellen.

Es ist alles so schrecklich. Sie müssen glauben, ich sei kolossal
töricht, und wahrscheinlich bin ich es auch, also geschähe
es mir ganz recht, wenn Sie nun gar nichts mehr von mir
wissen und sich vor mir verbergen wollen.

Am liebsten träte er jetzt vor die Tür, in der Hoffnung, dieses
wunderbare Geschöpf noch dort anzutreffen und ihm beruhigend über die Stirn zu streichen, doch er zwingt sich zur Fort-
setzung der Lektüre.

Im Park hatte ich mit Ihnen über Ihre Bücher und Gedichte
sprechen wollen, und das Erste, was ich tat, war, Sie zu
kritisieren und meiner wohlmeinenden Begleiterin Widerworte
zu geben. Da muss ich wohl noch einiges lernen. Das hat
sie danach übrigens auch zu mir gesagt. Sie erinnert mich

ein wenig an meine Mutter, nur als eine noch strengere
Ausgabe. Das dürften Sie ihr aber nicht erzählen.

Erneut muss er lächeln, aber auch feststellen, dass der Drang wächst, das Fräulein sofort zu sehen. Vor vielen Jahren hätte er diese Empfindung beinahe Sehnsucht genannt. Selbst das eigene Herz kann er nun kaum mehr belügen, da diese Zeilen den direkten Weg in dasselbe finden. Und es schmerzt.

Für einen Moment lässt er den Brief sinken. Eine wie sie könnte alles für ihn sein, doch das wird er keinem Menschen jemals verraten, wie er es sich in diesem Augenblick verspricht, denn er ist der Katastrophen so sehr müde, die er anderen zufügt, und all der Anstrengungen, unter denen er deshalb leiden muss.

Dann liest er weiter:

Selbstverständlich haben Sie die Mädchen in Ihren Jugend-
romanen nicht vernachlässigt.

Das erfüllt ihn mit Genugtuung. Dann staunt er über die Argumentation dieses erstaunlichen Fräuleins:

Sonst wäre ich doch all diesen Geschichten nicht hoffnungslos
erlegen! Natürlich habe ich zum Beispiel auch die Jungen
im Internat allesamt geliebt, den Martin, den Johnny, den
kleinen Uli, den ich am liebsten als kleinen Bruder gehabt
hätte, einsam, wie ich immer war, und vor allem den Justus,
weil er mich ein bisschen an meinen verstorbenen Großvater
erinnert und weil er sicher auch ein bisschen ist wie Sie
selbst. Sie sind ein wunderbarer Mensch.

Wenn das Fräulein nur wüsste, was es da glaubt.

Nur beim »Fabian«, schreibt sie weiter, *den ich erst vergangenes Jahr heimlich gelesen habe, musste ich öfter ein wenig weinen, obwohl Sie ihn sicher nicht geschrieben haben, um Mädchen zum Weinen zu bringen.*

Er hat den *Fabian* überhaupt nicht für eine junge Dame wie diese geschrieben.

Aber für wen dann? Eigentlich weiß er es genau.

Es liefen mir aber immer wieder die Tränen über die Wangen. Ich habe erst nach der letzten Seite, nach Fabians Sprung ins Wasser, als er das Kind retten will, den Grund dafür verstanden. Ich musste nämlich weinen, weil ich die ganze Zeit geahnt hatte, dass es nicht gut ausgehen würde mit ihm. Fabian ist einfach ein zu guter Mensch.

Damit hat sie zweifelsohne recht, findet er. Er wusste ja damals selbst, dass er seine Hauptfigur nicht leben lassen konnte, um weiterleben zu können. Und es sticht ihm ins Gemüt, dass sie etwas davon erkannt hat.

Einen Menschen wie ihn wünschte ich mir auch an meiner Seite. Und wenn ich ihn mir erträume, sieht er sogar ein bisschen aus wie Sie.

Das versetzt ihm einen weiteren Stich.

Wie glücklich muss diejenige sein, die tatsächlich an Ihrer Seite sein darf.

An dieser Stelle entfährt ihm sogar ein Lachen, doch es hört sich so bitter und rostig an, dass er über sich selbst erschrickt.

Der Brief endet:

Ich weine auch jetzt, und ich dumme Gans kann nicht damit aufhören. Ich weiß nicht recht, warum, deshalb schließe ich nun besser. Ich muss ja auch gleich zur Untersuchung, denn ich darf, nein, ich muss wohl bald nach Hause. Falls ich genügend Mut in mir versammeln kann, soll dieser Brief Sie auch erreichen.
Heute Nachmittag, wie Sie wissen, kommen meine Eltern mich besuchen. Ich werde meine Mutter von Ihnen grüßen, als wären Sie ein alter Freund der Familie. Darüber wird sie sich gewiss freuen und sie wird nur ein bisschen enttäuscht sein, dass Sie einander nicht begegnen werden. Werden wir uns jedoch noch einmal sehen?

Plötzlich fällt ihm das Atmen schwerer, weil er den Druck spürt, der auf dieser vieldeutigen Frage lastet. Doch nach Luft zu ringen, ist eigentlich dem Fräulein vorbehalten, das ihm hier schreibt.

In mir ist seit Kurzem das feste Gefühl, dass ich auf einem neuen Weg gehe, in meine eigene Richtung, ja, dass mein Leben endlich beginnt. Vielleicht gibt mir genau dieses Gefühl den Mut, Sie mit meinen Zeilen zu belästigen. Bitte verzeihen Sie mir auch das.

Es grüßt Sie vielmals und von Herzen
Ihre ...
(Sie wissen es ja.)

Er weiß es ja und lässt den Brief auf seinen Schoß sinken.

Er fühlt sich geschmeichelt und hört sein Herz wieder lauter schlagen, fühlt sich nicht gesund, zugleich wie fünfundzwanzig und so, als könnte nun alles geschehen. Diese junge Frau zerschmölze unter seinen Händen. Er weiß genau, wie es geht. Und als sich erste verwerfliche Fantasien in seine Gedanken drängen, beschließt er, sich zu besinnen und sich ein weiteres Glas Privatmedizin einzuschenken, wie immer mit einem Fingerbreit Wasser.

Er wird das Zimmer heute nicht verlassen. Dem Fräulein nun zu begegnen, könnte Folgen haben, denen er als älterer Herr nicht mehr gewachsen wäre. Zwei pochende Herzen würden aufeinander treffen, das eine vor Sehnsucht, das andere, weil es zu viel Adrenalin zu verarbeiten hätte.

So redet er sich ein, dass ihn auch der Brief nicht weiter berühren wird. Es wäre ja nicht der erste dieser Art.

Vermisst man ihn unten? Es ist ihm gleich. Man wird ihm schon noch ein Käsebrot bringen, und sollte man das nicht tun, könnte er auch ohne ein solches überleben. Er hat Schlimmeres überstanden.

Lange noch sitzt er da, starrt in ein Nichts und verliert sich in allerlei Gedanken an längst Vergangenes. Frauengesichter ziehen vorüber. In manchen Wollust, in manchen Verachtung, in manchen sogar das eine wie das andere. Beides hat ihm gefallen. Und doch: *vorbei, verweht, nie wieder.*

DRAMOLETT IM PARK

Selbstredend wird er vermisst und natürlich bleibt er nicht unbehelligt, denn man hat diverse Anwendungen für ihn vorgesehen: Inhalation (nun denn, tut einigermaßen wohl), Brustwickel mit ätherischen Ölen (fühlt sich ziemlich weibisch an, doch darunter kann er heimlich tiefe, herrlich ungehinderte Atemzüge tun) und schließlich Gymnastik, die er so herzlich hasst, wie er es sich zuvor eisern vorgenommen hat. Daran kann auch der bemühte Herr mit der beeindruckenden Statur nichts ändern, der versucht, ihn zu frisch-fromm-fröhlich-freien Verrenkungen anzuhalten, die er sich zuvor noch nicht einmal hätte ausdenken können. Manche davon schmerzen so sehr, dass er darüber fast seine pazifistischen Überzeugungen vergessen möchte, wenn er in das Gesicht des gut Gebauten blickt. Der Grobian legt immer wieder Hand an. Dann sieht dieser ungehobelte Kerl ungerührt zu, wie sich beinahe die Knochen bricht. Oder sich zumindest einen grandiosen Muskelkater einhandeln wird.

Mal diese und mal jene Schwester misst seine Temperatur, die sich, Gott sei Dank, stetig nach unten bewegt. Eine der Damen in Weiß, jedenfalls würde er manche so nennen wollen, hat rötliches Haar und einen hübschen Mund, den er gerne lächeln gesehen hätte, doch seinen Blick erwidert sie nicht, während sie ihren Dienst an ihm verrichtet. Er kannte es einmal anders.

Am Mittag nötigt man ihn zu einer Suppenmahlzeit, die ihm aber gestattet wird, auf dem Zimmer einzunehmen. Immerhin. Zusammen mit der Privatmedizin schmeckt sie sogar ganz passabel. Auch das beigelegte Brötchen verzehrt er. Man kann sich noch über sich selbst wundern.

All das lässt er also über sich ergehen und hat dabei noch kein Papier in die Schreibmaschine eingespannt. Aber er ist ja bekanntlich nicht zum Vergnügen hier.

Am späten Nachmittag setzt er sich sofort vor die *Lettera 22*, obwohl er noch gar nicht weiß, was er niederschreiben möchte. So sieht er aus dem Fenster. Der Himmel hat vor dem Beginn der Dämmerung ein betörendes, rosa durchwirktes Kleid angezogen, als blicke er in Feststimmung auf den Tag zurück. Selbst der Himmel kann ironisch werden, na sowas.

Er blickt in den kleinen Park hinab. Dort gehen noch drei Menschen im Schnee umher. Als er genauer hinsieht, erkennt er das Fräulein, von den Eltern links und rechts untergehakt. Es sieht aber eher aus, als müssten sie die Tochter festhalten, weil sie ihnen sonst davonlaufen könnte. Er hat das Gefühl, Zeuge eines sehenswerten kleinen Schauspiels zu werden, und betrachtet die Szene mit steigender Faszination. Man erlebt hier ja sonst nicht viel.

Die Eltern reden auf die Tochter ein, die immer wieder stehenbleibt und den beiden, vorwiegend aber der Mutter, eine Gegenrede zu halten scheint. Der Vater öffnet seinen Mund nicht, er hört zu und hält es aus. Dabei löst sich die Tochter aus den elterlichen Fesseln, um auf eine leidenschaftliche Weise zu gestikulieren, wie er es noch nicht bei ihr gesehen hat. Einmal will die Mutter der jungen Frau die Hand auf die Schulter legen, woraufhin diese sich trotzig windet und einen Schritt zurück tritt. Der Vater versucht sich danach immer wieder neu bei seiner Tochter einzuhaken, gibt aber irgendwann auf, weil sie nun mit vor der Brust verschränkten Armen geht. Ein beinahe drolliger Anblick, findet er, und weiß doch nur zu gut, dass dieser Ausdruck es keineswegs trifft. Die Mutter wechselt schließlich an die Seite ihres Gatten. Dann gehen beide links neben der Tochter, wenn auch mit einem gewissen Abstand, den Parkweg entlang. Man scheint zu schweigen. Hat man sich schon alles gesagt?

Er hat das Fenster geöffnet, um zu rauchen, und dies, ohne je den Blick von der eindrucksvollen Szene zu wenden, die aussieht, als läge ihr eine Choreografie zugrunde. Er konnte jedoch nicht hören, was zwischen den dreien gesprochen wurde. Sie sind zu weit weg, und er ist fast froh darüber.

Schließlich ist der letzte Versuch der Mutter zu bewundern, der Tochter wieder nahezukommen. Was für eine beharrliche, unerschütterliche Frau sie ist, findet er. Mit der nimmt es niemand so schnell auf. Diese Frau löst sich vom Arm des Gatten, stellt sich der Tochter in den Weg, legt ihr beide Hände auf die Schultern und hält ihr eine lange Rede. Die Tochter lässt es tatsächlich geschehen und scheint die Mutter sogar anzusehen, der Vater steht dabei, rückt sich immer wieder den Hut zurecht, obwohl es an dessen Sitz nichts zu mäkeln gäbe, und hat ansonsten die Hände vor dem Bauch gefaltet. Ein schwacher Mensch, dieses Urteil lässt sich jetzt wohl fällen. Am Ende des Vortrags streicht die Mutter der Tochter, die sich dagegen nicht wehrt, über die Wange. Offenbar hat sie einen Sieg errungen. Doch niedergerungen hat sie die Tochter nicht.

Dann sieht er, wie die drei sich wieder in Bewegung setzen und ins Haus zurückschreiten. Der Vater läuft mit etwas Abstand hinter seinen beiden stolzen Damen, ihnen also hinterdrein.

Zu diesem stummen Dramolett hätte man nur noch den Dialog schreiben müssen. Und weil man es auch kann, ist schon das erste Blatt in die Schreibmaschine eingespannt.

Er schenkt sich noch etwas Privatmedizin ein, nippt am Glas, dann noch einmal, und nimmt tiefe letzte Züge aus der Zigarette. Dass er beides gut und hustenfrei verträgt, beschließt er, für ein Zeichen von beginnender Genesung zu halten. Am Ende könnte er sich doch noch recht behaglich hier fühlen, hier auf dem Zauberhügelein.

Die Dämmerung nimmt behutsam das Rosa vom Himmel. Er steckt sich noch eine Zigarette an und lässt das Fenster diesmal geschlossen. Er lächelt in den Rauch hinein. Und er beginnt zu schreiben.

DIE WOLKE

Er hat den ganzen Abend geschrieben, irgendwann ins Bett gefunden, aus wohliger Gleichgültigkeit nur in Unterwäsche, und eine gute Nacht verbracht, frei von lästigen Träumen. So darf es weitergehen. Er verspürt sogar Lust auf ein kleines Frühstück. Man muss sich auch einmal wieder zeigen, und sei es, um sich vor unangenehmen Nachfragen zu schützen. Der Muskelkater ist ausgeblieben, und so schlüpft er fast mühelos in die Kleider, widmet sich vergnügt der Rasur und stellt fest, dass er der bevorstehenden Wiederbegegnung mit den beiden Tischdamen erstaunlich gelassen entgegensieht. Das Rasierwasser reibt er auch in die Vorhänge, um den Nikotingeruch zu vertreiben, wie er hofft. Kräftiges Lüften wird trotzdem nicht zu vermeiden sein, denn er hat der Rauchlust gestern doch recht fröhlich zugesprochen. Es war beinahe wie einst.

Die ausgeprägten Augenbrauen noch etwas zurechtgezupft, die Wangen ein wenig massiert, das Spiegelgesicht auf Tauglichkeit überprüft und für passabel erklärt, nun kann es nach unten gehen.

Im Speisesaal herrscht ebenfalls aufgeräumte Stimmung. Die Morgensonne flutet den weiten Raum und lässt den See schon zu dieser Stunde glitzern. Das hellt offenkundig auch die Seelen der hier versammelten Niedergedrückten und Geplagten auf, die sich so gesellig benehmen, als befänden sie sich im Hotel und litten an nichts als an zu viel Geld in den Taschen.

An seinem Tisch, mit dem Rücken zum Eingang, sitzt die Gattin des Richters a. D., macht selbstvergessene Kaubewegungen und sieht hinaus. Das Fräulein ist nicht zu sehen. Also wird er allein sein mit dieser Person? Noch könnte er wieder gehen, aber er besinnt sich und bleibt, geht auf den Tisch zu, grüßt seine Tischdame, die ihm zunickt mit einem Gesicht, in dem er nichts zu lesen vermag, und nimmt Platz. Er bestellt einen Kaffee und ein Buttergipfeli, das er in seine Tasse stippt, ohne hinzusehen, denn auch er muss hinausblicken in diesen Morgen, der so prachtvoll leuchtet, dass der Mensch versucht sein könnte, doch noch an eine göttliche Existenz zu glauben.

So schauen sie beide und schweigen. Er hofft, dass es so bleibt, doch natürlich kommt es anders.

»Sie werden sich wundern, wie ich vermute«, sagt die Tischdame, während sie ihre Stoffserviette bedächtig zusammenfaltet.

So steht also ein Gespräch zu befürchten. Er spürt, dass sie ihn ansieht, erwidert ihren Blick jedoch nicht, sondern will lieber mit zusammengekniffenen Augen ertragen, dass die Sonne ihn blendet.

»Mich wundern«, sagt er widerwillig, ohne zu einer Frage nach dem Grund bereit zu sein.

»Ich vermute, Sie wundern sich darüber«, erläutert sie, »dass wir schon wieder mal zu zweit hier sitzen.«

»Das könnte einem tatsächlich auffallen«, bemerkt er wenig freundlich.

»Vermissen Sie unser junges Fräulein gar nicht?«

Er wittert Unheil im spitzen Ton ihrer Stimme und bereut bereits, den Speisesaal betreten zu haben. Vor wenigen Minuten war er noch frohgemut. Nun muss er schon wieder auf der Hut sein, wie er sein Leben lang auf der Hut sein musste vor Frauen, die ihm zusetzen. Manchen davon hat er gestattet, ihn zu sehr zu lieben, zu sehr darauf bedacht, ihnen nicht selbst zu verfallen, um am Ende doch wieder verlassen zu werden.

Diese Frau hält er auf besagtem Gebiet für unverdächtig, doch sie ist gleichwohl eine Weibsperson, die ihn nicht in Ruhe lässt. Ist das den Frauen eigentlich allen gemein? Er wünschte einmal mehr, er könnte ganz ohne sie leben, doch dann könnte er auch gleich das Atmen einstellen.

»Sie werden wohl nicht den Grund kennen, warum wir heute nur zu zweit das Vergnügen haben«, setzt sie erneut an, die Speerspitze geschnitzt.

»Sie wissen ja auch sonst fast alles«, kann er sich als Replik nicht verkneifen.

Seine Tischdame schweigt für einen Moment. »Ich verrate ihnen nun etwas«, sagt sie dann plötzlich geheimnisvoll und beugt sich zu ihm, was ihm als Geste außerordentlich missfällt. »Das gute Kind wird die Mahlzeiten für den Rest ihres Aufenthalts in ihrem Zimmer einnehmen. Das haben die Eltern gestern beschlossen. Diese junge Dame hat sich in ihre Verehrung für Sie so hineinbegeben, dass es den Eltern unheimlich geworden sein muss.«

Er will sofort gehen und zugleich ist ihm, als könne er sich nicht bewegen.

»Beinahe hätten sie ihre Tochter auf der Stelle mit nach Hause genommen. Schließlich galt es, einen Skandal zu vermeiden, doch ärztlicherseits riet man davon ab«, sagt sie noch. Dann streckt sie den Rücken und kann den Triumph auf ihrem Gesicht nicht verbergen, als sie hinzufügt: »Und selbstverständlich hat sie mir all das auch gleich erzählt. Ich überbringe die Nachricht nun Ihnen.«

Er ist also einer Spinne ins Netz gegangen. Zum ersten Mal kommt ihm der Gedanke, dass man auch selbst eine vorzeitige Abreise erwägen müsste. In seinem Kopf beginnt sich das Kaleidoskop zu drehen: Lotte, Friedel, Lotte, Friedel. Hier auf dem Hügel, fernab von Entscheidungen und mit der Aussicht auf zunehmend verschwimmende Gewissensnöte, hätte er frei sein können.

Es hilft jedoch nichts, sagt er sich. Dann also kämpfen, obwohl er es hasst.

Er sammelt sich, um für eine Rede anzusetzen, da kommt

sie ihm zuvor: »Das bedauernswerte Kind hat diese schicksalhafte Wendung auch Ihrem zweifelhaften Benehmen zu verdanken. Ich hatte Sie ja gewarnt«, legt die alte Dame nach und festigt damit seinen soeben gefassten Entschluss.

»Diese Unterhaltung dürfte die letzte sein, die wir beide miteinander führen, zumal an diesem Tisch. Ich werde nämlich darum bitten, künftig andernorts Platz nehmen zu dürfen«, eröffnet er mit gedämpfter Stimme, aber lässt keinen Zweifel daran aufkommen, dass er genau das meint, was er sagt. »Nun setzen Sie mir zum wiederholten Male zu, als seien Sie berechtigt, mir, einem nicht ganz unbekannten Schriftsteller, moralische Vorhaltungen zu machen, weil Sie sich mangels anderer Betätigungsmöglichkeiten in den Kopf gesetzt haben, die Anstandsdame für dieses Fräulein zu geben. Ich akzeptiere das nicht.«

Er muss innehalten, weil ihm schon die Schläfen pulsieren. Etwas schwindelig ist ihm auch von der eigenen Vehemenz. Doch er muss dies nun zu Ende bringen. Vielleicht gelingt es ihm ja, zu erwirken, dass auch diese Dame eine vorzeitige Abreise erwägt.

Als er sieht, dass sich in diesem Moment eine sehr große Wolke vor die Sonne schiebt, muss er fast lachen, so melodramatisch kommt ihm das vor. Ein im Wortsinne göttlicher Regieeinfall, findet er.

»Als unser vorheriger Tischgenosse abgereist ist«, nutzt die Gattin des Richters a. D. seine Redepause, »hat kurz darauf das Fräulein angefragt, ob es an unseren Tisch wechseln dürfe, denn die junge Dame hatte Sie erkannt und ihre Begeisterung sogleich unverhohlen ausgedrückt. So habe ich mich bei der Direktion dafür eingesetzt, dass sie mit uns speisen darf. Ich wollte dem guten Kind eine Freude machen. Natürlich war ich davon ausgegangen, dass Ihre Gegenwart eine Bereicherung sein und sich positiv auf die Gesundheit des Kinds auswirken würde. Aber das war wohl ein naiver Gedanke.«

Der bittere Zug um ihren Mund ist ihm neu. Jetzt sieht er ihn und versteht. Zugleich fragt er sich, ob er sich schämen soll, weil er die Erwartung der Tischdame nicht erfüllt hat, oder es sich erlauben kann, aufgebracht zu sein, weil er sich nachträglich missbraucht fühlt. Er entscheidet sich für Letzteres.

»Gute Frau«, sagt er, »ich bin hier, wie Sie, nur ein Patient. Ich bezahle also für meine Genesung und werde mitnichten dafür entlohnt, anderen bei derselben unter die Arme zu greifen. Was Sie mir zusätzlich zu der Information, dass die junge Dame nun auf ihrem Zimmer isst, mitteilen, lässt nur ein einzig klar greifbares Gefühl zu – Empörung.«

»Das ist erneut erstaunlich«, sagt die Richtersgattin, nun etwas lauter, »denn Empörung empfinde auch ich. *Sie* sollten derjenige sein, der in seinem Zimmer …«

»Ich täte nichts lieber als das«, fällt er ihr ins Wort.

So man ihn doch endlich in Ruhe ließe. Er denkt daran, den Emil-Wiedergänger aus der trüben Gesellschaft des italienischen Herrn zu erlösen und mit ihm eine neue Tischgemeinschaft zu beantragen. Doch als er ihn mit flirrendem Blick im Speisesaal sucht, weil er nicht an seinem Platz sitzt, ist er auch sonst nirgendwo zu sehen.

Die Gattin des Richters a. D. ist verstummt. Vermutlich schmollt sie.

Bilder von Lotte drängen sich plötzlich vor seinem geistigen Auge. Lotte, die ihn mit Büchern bewirft. Lotte, die das Regal, in dem diese standen, zusammentritt. Lotte, die schreit, die tobt, die ihn zwischendurch mit erstaunlicher Kraft umklammert, sodass ihm die Luft genommen ist, Lotte, die ihn verzweifelt küsst, an ihm rüttelt und ihn dann wieder wegstößt, um ihm aus effektvoller Armeslänge Abstand erneut allerlei Unaussprechliches entgegenzuschleudern. Und Lotte, die am Ende, den Kopf auf den Armen, am Küchentisch sitzt und schluchzt, daneben eine Flasche Hochprozentiges. Er hat es immer ertragen und sie hatte jedes Mal recht.

Streiten mit ihr, das wollte und will er nie, denn das hält er nicht aus. Er kann es nicht. Lieber schweigt er und wartet, bis der Sturm sich legt.

»Wie geht es eigentlich Ihrer Gesundheit?«, fragt er seine Tischdame unvermittelt.

Er weiß nicht, warum er das fragt, doch es fühlt sich jetzt sinnvoll an. Und siehe da, in den Augen der Angesprochenen sammeln sich mit einem Male Tränen, gerade so viel, dass sie nicht über den Lidrand hinaus- und die gepuderten Wangen hinunterrollen. Na also.

»Schließlich sitzen wir beide doch in einem Boot, nicht wahr, Sie und ich, im TBC-Club?«, schiebt er schnell hinterher, zusammen mit einem Lächeln und in der Hoffnung, sie vollends zurückzugewinnen.

Und plötzlich ist alles anders. »Ach, die Gesundheit … Sie können fragen … Ich glaube, es wird schon«, antwortet sie und wirkt unsicher. Ihre Unterlippe zittert kurz. Diesen Anblick kennt er gut bei Frauen und er schätzt ihn nicht. Doch sie kann sich beherrschen. »Nein, ich *spüre*, dass es besser wird«, fährt sie fort und ihre Stimme wird fester. Jetzt spricht sie immer schneller. »Ich habe mir diese unsägliche Krankheit irgendwo eingefangen, man weiß ja nicht, wo. Ich hatte mich schon länger so schlecht gefühlt, immer so schwach, und eines Tages, es war ein Freitag, bekam ich keine Luft mehr. Zum Glück war meine Schwester bei mir. Krankenhaus, Notaufnahme, es war alles ganz furchtbar. Mein Mann hat mich erst am dritten Tag besucht. Er sagte, er habe so viel zu tun gehabt. Dabei ist er längst pensioniert.«

Er sieht, dass sie ernsthaft bewegt ist. Nun hat er sie. Im Besinnungsaufsatz mit dem Titel *Wie geht es Ihrer Gesundheit?* hätte sie allerdings das Thema schon jetzt verfehlt, als Lehrer hätte man wohl ein *mangelhaft* erteilen müssen. Außerdem: Will er das alles wissen? Hat er etwa einen mobilen Beichtstuhl eröffnet? Ist ihm die Versöhnung diesen Tauchgang in fremde

Gefühlswelten wert? Schon wieder einmal könnte er ein Honorar verlangen. Dass man ihm gegenüber auch immer so schnell so vertraulich werden muss! Er sieht nicht, was an ihm sein soll, dass die Menschen gleich auslaufen wie ein umgefallenes Fass, wenn er lediglich versucht, freundlich zu sein.

Er will jetzt gehen und versucht, ein Bonmot zu ersinnen, irgendetwas Kluges, mit dem er sie abschließend einwickeln und sich gleichzeitig galant verabschieden kann. »Wir Männer sind manchmal schon seltsame Wesen und noch häufiger ziemliche Idioten«, setzt er also an, »doch glauben Sie mir, wir meinen es nicht böse. Wir sind dann und wann recht ungeschickt, gerade wenn wir besonders aufmerksam sein sollten. Frauen haben uns da viel voraus, das holen wir nicht auf. Sehen Sie Ihrem Mann also nach, wenn auch er zu diesen seltsamen Wesen gehört. Ich fühle mich ihm da unbekannterweise sehr verbunden. Und ob ich die Tischgemeinschaft mit Ihnen tatsächlich aufkündige, will ich mir noch einmal überlegen.«

Das ist das Beste, was ihm einfällt, doch er ist zufrieden mit seiner kleinen Ansprache.

Na bitte. Die Richtersgattin ist nun wie verwandelt, lächelt ihn dankbar an und sagt: »Ja?«

Er kann sich in diesem Moment vorstellen, wie sie als junges Mädchen ausgesehen haben muss.

»Ja«, sagt auch er und tut es mit dem liebenswürdigsten Bariton, den er nur anschlagen kann, während sie sich die Augen betupft. Dann sagt er noch, dass er sich nun wohl empfehlen dürfe.

»Selbstverständlich. Bitte entschuldigen Sie«, spricht sie in ihr Taschentuch hinein. Er entschuldigt.

Und so geht er. Und er sieht noch, wie in diesem Moment die Wolke die Sonne wieder freigibt. Sie taucht den Hügel in pures Gold. Durch den Speisesaal geht ein Raunen. Sogar die geschäftigen Servierdamen halten inne. Eine von ihnen schließt die Augen. Sie sieht aus, als nähme sie für ein paar Sekunden Urlaub.

Er scheint als Einziger die Fassung zu bewahren und betrachtet kopfschüttelnd die Szene. Nicht zu glauben, was die Regie sich da wieder ausgedacht hat, hätte er fast gesagt. Doch, wie so oft, er denkt es sich nur.

POST

Toni hat die Post gebracht. Es ist Samstag, kurz nach zehn. Der prominente Patient steht am Eingang, sieht sich kurz um und nimmt dann alle Kraft zusammen, um ihm, als er schon wieder aus der Tür ist, einigermaßen schnellen Schritts zu folgen und dem guten Mann 30 Franken zuzustecken. Es werde reichen für eine Stange Zigaretten, denn sie gehen schon zur Neige, und ein paar schlanke Flakons aus dem Laden, wenn er so gut sein könnte. Die kann er auch in der Sakkotasche mit sich herumtragen und dann und wann elegant und unerkannt ein Schlückchen nehmen. Den Restbetrag, ein gewiss nicht zu knappes Trinkgeld, soll er behalten.

Toni ist ein Mann, der sich auskennt mit dem Leben und mit den Schwächen und Nöten der Patienten ohnehin. Er nimmt das Geld mit einem wissenden Lächeln, nickt und steigt auf sein Rad, um wieder ins Tal hinabzufahren. Dort betreibt er das *Café Ristorante San Gottardo*, wie man hört. Der Kasernierte will daran arbeiten, es bald einmal besuchen zu können. Eine regelmäßigere Nahrungsaufnahme jenseits der Diät wäre doch sicherlich hilfreich, sodass der Professor nicht immer diesen besorgten Gesichtsausdruck aufsetzen muss, wenn sein Patient auf der Waage steht. Wenn er einen Grund weiß, die eigene Genesung voranzutreiben, dann diesen: ein Besuch bei Toni.

Auf seinem Zimmer am Schreibtisch sieht er die Briefe durch. Es sind gar nicht einmal wenige. Das PEN-Zentrum fragt an, ob er einen unterhaltsamen Essay zur Auswirkung der Kubakrise auf die deutsche Rüstungspolitik verfassen wolle. Als Vorsitzender habe sein Wort ja Gewicht. Und natürlich auch sonst. Das reizt ihn. Er dürfte sich dabei aber nicht erwischen lassen, denn er müsste sich dafür Tag und Nacht über der Schreibmaschine krümmen, und das ist ihm ja noch immer nicht gestattet. Nur kurze Texte, mal ein Epigramm, vielleicht auch ein Gedicht.

Der leitende Kulturredakteur einer großen Wochenzeitung erkundigt sich sehr liebenswürdig nach ihm und will ihn sogar besuchen kommen. Er kennt ihn gut, diesen ungewöhnlich belesenen und erfreulich trinkfesten Menschen, der ein Freund werden könnte oder gar schon ist. (Er weiß so etwas nie so ganz genau.) Ein solcher Besuch würde ihm gefallen. Etwas Abwechslung könnte er gebrauchen, ein intelligentes, vielleicht auch weniger druckreifes Gespräch unter Männern auch, am besten dann unten bei Toni. Aber das wird man ihm ebenfalls noch nicht zugestehen.

Eine selbst gewählte Isolation würde ihm ja sehr wohl behagen. Doch die von der Autorität verordnete, hier oben auf dem Berg, findet er wieder mal abscheulich.

Mit jedem weiteren Umschlag des kleinen Stapels schwindet seine Hoffnung, Friedel könnte ihm geschrieben haben, trotz allem. Sie hat es auch nicht getan. Na ja.

Der unterste Umschlag trägt eine Handschrift, die er sofort erkennt. Was er vom Inhalt zu erwarten hat, weiß er in etwa: die ewige Wiederkehr des Gleichen, also Vorwürfe, Klagen, Liebesschwüre, Ängste, je nach Verfassung, in der sie sich während des Schreibens befunden hat. In der Regel ist sie nicht nüchtern zu nennen.

Die Briefe, die er sich vergeblich ersehnt und die ihn sofort gesunden lassen würden, erhält er nicht. Er bekommt nur die Briefe, die er nicht anders verdient hat.

Soll er den Umschlag gleich ungeöffnet in den Papierkorb werfen? Es wäre ihm danach. So hätte er wenigstens einen ersten Stein aus dem Rucksack genommen. Da spürt er, dass ein Blick auf ihn gerichtet ist. Er dreht sich um. Die Nachtschwester von neulich scheint auch bei Tag Dienst zu tun, geht diesen jedoch recht zwanglos an. Sie sitzt wieder auf dem Schemel vor dem Waschbecken und sieht ihn mit ruhigen Augen an.

»Öffnen Sie den Brief und lesen Sie«, empfiehlt sie ihm. Oder ist es eine Anweisung?

Er schluckt, als er das hört, denn die Schwester erlaubt sich doch allerhand, doch er sieht wenig Chancen auf Erfolg, wenn er ihr widerspräche. Also säbelt er das Kuvert mit dem Taschenmesser auf, zerrt die Seite heraus – es ist, gottlob, nur eine, auch auf der Rückseite beschriebene – und liest:

Mein Lieber, mein immer noch Liebster,
da habe ich neulich am Telefon wohl allerhand Unsinn
geschwatzt. Bist du deinem Enderlein noch böse?

Das Kätzchen schnurrt also wieder. Und nein, er ist ihr nicht mehr böse. Er ist es ja eigentlich nie.

Jetzt geht es besser und ich habe mich beruhigt. Du weißt,
ich kann es nicht ertragen, wenn du länger fort bist, und
das bist du ja nun wohl. Ob ich dich mal besuchen kommen
darf? Hat sich der Professor dazu schon geäußert? Ich
würde so gerne ins schöne Tessin fahren und noch viel lieber
mit dir dasselbe durchqueren. Vielleicht wird uns ja ein
Ausflug erlaubt sein. Wir könnten es noch ganz schön
haben miteinander.

Er wird ihr nicht erzählen, dass auch er von einem solchen Ausflug träumt. Nur sitzt er dann mit Friedel und vielleicht auch dem Jungen in einem Cabrio und braust die Serpentinen rund um den Luganer See herauf und wieder herunter. Und Friedel hätte die ganze Zeit die Hand auf seinem Knie. Typischer Fall von denkste.

*Sind sie denn alle recht freundlich zu dir und pflegen dich
gut? Ich brauche dich noch! Also lass dich gut pflegen und
setze keine allzu mürrische Miene auf, wenn sie dich plagen,
denn sie meinen es gut und du kannst es vertragen.*

Er wundert sich. Noch kein Wort von Friedel und »der
Situation«. Das heißt in der Regel nichts Gutes.

*Die Biografie verkauft sich übrigens prächtig. Die Zahlen
vom Verlag sind erfreulich. Ich kann nicht verhehlen, ein
wenig stolz darauf zu sein. Du hast auch daran mitgewirkt.
Das war ein Gemeinschaftswerk, das uns keiner mehr
nehmen kann!
Was gibt es noch zu berichten? Nicht viel. Alle lassen dich
grüßen, die Nachbarschaft sowieso. Man vermisst dich.
Du weißt, Lieber, dass du immer anrufen kannst, wenn dir
danach ist, ja!?*

Er weiß es. Doch er wird es erst tun, wenn es sich nicht
mehr vermeiden lässt. Ihre weiteren, noch zu befürchtenden
Briefe werden sein Gradmesser sein. Wenn sie im Ton zu »leidenschaftlich« geraten, sich also dem Kontrollverlust nähern
sollten, wird er wohl mal einen Anruf zum Zweck der Befriedung tätigen müssen, freilich nicht ohne zuvor eingenommene
privatmedizinische Unterstützung, um die Nerven gestärkt zu
wissen.

Er sorgt sich um Friedel und den Jungen. Lotte hat *Schnüff-
ler* auf *seine zwei und alles* angesetzt. Das mag nun eine kleine
Weile her sein, aber er hat ihr noch nicht verziehen.

Doch der Brief ist gar nicht so schlimm ausgefallen. Sein
Herz, das ewig gefährdete, ach so zarte und geplagte, schlägt
im Moment recht behaglich vor sich hin. Gleichwohl hat das
Schreiben noch eine Rückseite.

Du weißt auch nur zu gut, dass ich den Februar hasse. Er
hält einen am Wickel, wenn man den Frühling bräuchte
und ihn noch nicht bekommt. Ich bin abends fast immer
allein, versuche zu lesen, verstehe nichts von dem, was da
steht, und sehe dann stundenlang aus dem Fenster, obwohl
es da gar nichts zu sehen gibt.
Und wie gut erst weißt du, dass ich nachts oft kaum mehr
schlafen kann, schon gar nicht, seit du nicht mehr im Haus
bist. Das war schon so, als du in der Klinik lagst.
So lange hat dein Schreibmaschinchen nicht mehr in
deinem Arbeitszimmer geklappert. Es ist zu still in der
Wohnung. Und wenn ich aus irren Träumen hochfahre,
ist es manchmal sogar mein eigener Wutschrei, der mich
geweckt hat.
Neulich habe ich dich im Traum mit dem Auto überfahren.
Es ging immer wieder vor und zurück, bis du ganz platt-
gedrückt warst. Das tat gut und war auch irgendwie zum
Lachen, doch ich habe dabei geweint.
Was du nicht weißt, ist, was es mich kostet, dich nicht jeden
Tag anzurufen und dir zu sagen, was für ein egoistischer
Saukerl du bist, denn du sollst ja Ruhe haben. Also fresse
ich den Saukerl in mich hinein und hoffe, nicht selber davon
krank zu werden. Vielleicht bin ich es schon. Es würde mich
nicht wundern.

Den »Saukerl« schluckt er. Er ist ja auch ein solcher. Das Papier in der einen Hand, holt er mit der anderen die Flasche aus
dem Schrank und schenkt sich, immer noch lesenderweise, ein
Glas für den Briefschluss ein.

Mein Lieber und immer noch Liebster – ich kann mir nicht
helfen, es ist so, du schrecklicher Mensch –, ich schließe
jetzt. Was ich dir schon lange nicht mehr sagen kann, liest
du hier. Du bist der Einzige für mich. Du warst es immer

und wirst es bleiben. Jetzt hast du es. Mach damit, was du
willst.

An dieser Stelle ist die Schrift verändert und auch etwas verwischt, ob von Tränen oder Schnaps oder beidem. Kaum mehr leserlich sind die letzten Sätze:

Ich beschäftige mich hier schon, denn dann tut alles nicht
so weh. Wir haben ein gutes Leben und hätten doch ein
schönes miteinander haben können. Ich bin also selber
schuld, aber so schuldig, wie du an mir geworden bist,
werde ich nie sein.

Jetzt werde du erst einmal gesund, hörst du?!
Deine Lotte

»Deine Lotte«, so, so. Nun wird sie auch noch lakonisch und wildert auf seinem Fachgebiet. Doch es kann ihm nur recht sein, wenn sie einen kühleren Ton anschlägt, denn er spürt, wie sie ihm so lange schon die Lebenskräfte aussaugt mit ihren Heftigkeiten, ihrem Furor und all den ausgesprochen uncharmanten Vorwürfen, auch wenn sie noch so wahr sein mögen. Den Kredit jedoch, mit dem er bei ihr in der Kreide steht und den sie täglich verlängert, wird er niemals abbezahlen können. Damit hat sie ihm eine Fußfessel angelegt und den Schlüssel bestens verwahrt.

Er faltet den Brief zusammen und steckt ihn gedankenverloren in die Innentasche seines Sakkos. Was soll er antworten? Dann beschließt er, dass Lottes Worte wohl nicht auf eine Antwort ausgerichtet sind. So sei es denn. Er kann es nicht ändern und weiß es.

Als er aufsieht, sitzt die Schwester, von der er noch mindestens eine kühne Bemerkung erwartet hätte, nicht mehr auf dem Hocker. Sie ist, erneut, einfach verschwunden.

So wird er also endlich verrückt. Mit dieser Ahnung leert er sein Glas. Vielleicht wäre Verrücktheit angesichts der Misere seines Lebens gar kein so unattraktiver Zustand. Es bliebe einem doch manches erspart.

STURM VOR EINEM BILD

Die Wände seines Zimmers, seiner Zelle, erscheinen ihm mit einem Mal zu nah, der Blick in die Ferne zu weit, und kurz ist sein Atem nach der letzten Lektüre. Er sucht Ablenkung, sucht Befreiung aus diesem Zustand und erinnert sich, die Erkundung des Hauses längst nicht abgeschlossen zu haben. In den Fluren hängen Gemälde, von denen nicht alle gelungen zu nennen sind, aber in so manche landschaftliche Impression könnte man sich durchaus versenken. Er versucht einen lässigen Schlendergang wie einst zur Jungmännerzeit, die Hände in den Taschen, den Blick jedoch sehr wohl auf die Wände gerichtet. So recht gelingen will es ihm nicht.

Auf dem Weg zu den Therapieräumen im Erdgeschoss ist er jüngst an einer Abbildung des Lago vorbeigekommen. Dort will er wieder hin. Als er sich vor das Gemälde stellt, zieht es ihn fast hinein. Der See im Hintergrund ist als weiß-bläuliche, zarte und vollkommen ruhige Fläche gestaltet. Ein sanfter Schimmer in Orange liegt auf den umliegenden Bergen, die aussehen, als begännen sie gleich zu erröten. Dort auf den Gipfeln ist es Winter. Im Vordergrund ist nur wenig Landschaft abgebildet, jedoch in so frischem Grün mit wohl gesetzten Blautönen gehalten, dass sie wie aus einer anderen Jahreszeit anmutet, Frühling oder milder Sommer. Und beides wird dennoch zu einem wunderbaren Ganzen.

Das Bild in seiner Ausdruckskraft und als Zeugnis von Mut zu einem Einerseits und einem Andererseits bewegt ihn. Zugleich macht es ihn so bitter, dass ihm sekündlich zu viel Magensäure nach oben steigt. Mit der Freiheit dieses Malers hätte man einmal ans Schreiben gehen mögen. Sein Alter und sein Renommee würden ihm einen Umsturz, etwas ganz Neues, längst erlauben, was bedeuten mag, man würde ihm dies verzeihen. Doch dergleichen wird ihm nicht mehr gelingen. Auch in diesem Wissen liegt das Bittere. Maler hätte man sein wollen, zumal einer wie dieser, und ganz frei sein vom fragilen Wort, das ihm, so sehr er es liebt, doch oft so gefährlich erscheint.

Als er auf das Schild unterhalb des Rahmens blickt, sieht er den Namen Clara Porges. Eine Malerin also. Na ja. Das wirft natürlich ein ganz neues Licht auf die Sache.

Hinter sich hört er Schritte, die Schritte einer Frau, wie der Kenner sofort erfasst. Sie sind vorsichtig und unregelmäßig, als würde der Wille, voranzukommen, immer wieder brüchig. Als er sich umdreht, steht das Fräulein vor ihm, zum ersten Mal in einem nicht gerade weit geschnittenen Kleid, dunkelgrün und von einer Art, als ginge sie gleich aus.

Er hofft, sie möge ihm beides, sein Erschrecken wie seine Freude, nicht ansehen, und blickt um sich, als habe er etwas zu befürchten. Niemand sonst ist zugegen. Er freut sich so ungemein, die junge Frau zu sehen, dass ihm der Schweiß ausbricht und er sich aufwändig räuspern muss. All das ist viel mehr an Reaktion als nun hilfreich wäre.

»Ich liebe dieses Gemälde«, sagt das Fräulein leise.

»Das ist verständlich«, befindet er.

»Bitte entschuldigen Sie, dass ich Sie noch einmal anspreche. Ich war auf dem Weg zur Atemschulung, der letzten Sitzung, und habe gesehen, wie Sie das Bild betrachtet haben. Nach meinem schrecklichen Brief, den Sie natürlich zerrissen und völlig zu Recht nicht beantwortet haben, hätte ich es fast nicht gewagt, aber ich habe auch nicht an einen Zufall geglaubt.«

»Sie brauchen sich bei mir gar nie für etwas zu entschuldigen«, bemüht er wieder den jovialen Ton. Als Tochter hätte er die junge Dame wohl gut leiden mögen. Die Geliebte will er endgültig aus seinen Fantasien streichen.

Als das Fräulein daraufhin unvermittelt in Tränen ausbricht, durchfährt ihn ein heftiger Schreck. Es steht vor ihm mit hängenden Armen und zitterndem Leib, das hübsche Gesicht und der schöne Mund, beides ganz verzerrt vom Weinen, und schluchzt in einer Hemmungslosigkeit, für die er hätte entflammen können. Tatsächlich macht ihn diese immer noch so wunderbare Person fürchterlich hilflos. Für einen Moment zucken seine Arme, doch er will es nicht und er darf es nicht wollen.

»Na, na …«, sagt er stattdessen und weiß natürlich, wie unsinnig es ist, in einem solchen Moment »na, na« zu sagen.

»Meine Eltern haben mich aus dem Speisesaal verbannt, sodass ich Sie nicht mehr sehen kann. Sie haben auch schon ausgesucht, welchen Mann ich heiraten werde. Er wartet auf mich, wenn ich nach Hause fahre, doch er hat noch nicht einmal für Literatur, Malerei oder Musik etwas übrig«, bricht es aus ihr heraus.

Von der Existenz eines Bräutigams zu hören, und mag er noch so ein Kretin sein, versetzt ihm einen Stich, auch wenn der in seiner Brust überhaupt nichts zu suchen hat.

»Mein Leben ist vorgeplant, wie Sie sehen. Es ist eigentlich schon zu Ende«, klagt sie, während der Tränensturzbach langsam zu versiegen beginnt.

Er will versuchen, ihr Trost zuzusprechen. Das ist er dem Fräulein schuldig. »Ich bitte Sie«, brummt er freundlich, »so etwas dürfen Sie nicht sagen. Sie sind doch schon viel gesünder geworden, nicht wahr? Und Sie sind so jung und voller Fantasie. Lesen Sie! Studieren Sie! Bereisen Sie mit dem Zukünftigen die Welt, auf dass er die Künste zu schätzen lernt«, sagt er, nur kurz von einem Husten unterbrochen.

Ihm fällt ihr Brief ein, und er zitiert daraus den Satz, den er nicht mehr vergessen konnte:

»Schrieben Sie mir nicht, Sie gingen auf einem neuen Weg in Ihre eigene Richtung? Gehen Sie ihn weiter.«

Die junge Frau sieht ihn an. Ihren Blick kann er nicht deuten. Und dann geschieht, was nicht geschehen darf. Sie umschlingt ihn, einem Überfall ähnlich, drückt ihn gegen die zarten, weichen Brüste, deren Berührung ihn auf schmerzliche Weise erregt, hier auf dem Gang, auf dem sich zum Glück sonst niemand befindet, und schluchzt immer wieder mit einem »Ach, könnte ich, ach könnte ich …« in seine Schulter hinein, die davon ganz feucht wird. Er hasst unvollendete Sätze, gesteht ihr aber zu, nein, er hofft vielmehr, sie möge diese nicht vollenden.

Ach, könnte ich … Das arme Fräulein hat das Leitmotiv seines eigenen Lebens ausgesprochen und weiß nichts davon. Er steht mit hängenden Armen da, um jede weitere Berührung zu vermeiden, weil er sich nicht traut. Dazu kennt er sich zu gut. Ein vorsichtiges, fast linkisches Tätscheln des zuckenden Rückens will ihm dann aber doch gelingen. Er fühlt sich wie ein ausgemachter Tölpel. Doch prompt hört das Weinen auf und der Atem der Unglücklichen wird ruhiger. So stehen sie eine Weile auf dem Gang, gottlob immer noch ganz allein, und dieses bedauernswerte Geschöpf umschlingt ihn. Beide ahnen wohl, dass auf diese Begegnung keine mehr folgen wird.

Plötzlich löst sich das Fräulein, tritt einen Schritt zurück, sieht ihn aus verquollenen Augen an und sagt: »Nun ist es gut. Es ist gut. Ich werde Sie nie vergessen. Und Ihnen dankbar sein auf ewig. Auf Wiedersehen.«

Ihm ist, als sei er soeben Zeuge einer sekundenschnellen Reifung geworden. Für seine Standhaftigkeit gratuliert er sich ebenfalls.

In seinem Leben ist er ohnehin noch keiner hinterhergelaufen. Die Gewissheit, nun ein Standhafter zu sein, der die Umarmung einer Frau nicht mehr erwidert, überdeckt seine Wehmut. Er findet das praktisch. Doch es ist auch ein Abschied von etwas.

Ohne ihn noch einmal anzusehen, eilt das Fräulein zu den Therapieräumen. Erschüttert sieht er diesem bezaubernden Geschöpf nach, während er sich Schweiß vom Gesicht und Nacken tupft. Diese wunderbare junge Frau wird die letzte Atemschulung gut gebrauchen können, sagt sich der Dichter, und bedürfte doch selbst einer solchen.

EINE PREDIGT

Am späteren Vormittag geht es wieder in die Sprechstunde zum Professor. Der Unermüdliche hält sogar am Sonntag Hof. Nach der gestrigen Begegnung vor dem Bild hat sich der Patient in seinem Zimmer gesammelt, auf seine Weise, versteht sich, mehrere Pfefferminzbonbons gelutscht und dabei lange und fast reglos aus dem Fenster gesehen. Nun, am Tag des Herrn, hofft er auf eine Lockerung der Haftbedingungen. Dass er mal ins Dorf spazieren darf. Das würde ihm schon gelingen. Er könnte sich für den Rückweg ja bei Toni stärken. Oder notfalls um Abholung bitten. Oder beides.

Auf dem gepolsterten Patientenstuhl fühlt er sich heute recht behaglich. Er versucht, ein aufgeräumtes Gesicht aufzusetzen, und beschließt, dem Professor von den verfluchten Magenschmerzen, die er heute Morgen beim Aufstehen hatte, nichts zu verraten.

»Was bedeutet Ihnen das Leben?«, fragt der Professor, kaum dass er selbst Platz genommen hat.

Darauf war er nun nicht vorbereitet. Philosophische Fragen erörtert er in der Regel in anderen Kreisen. Dass Mediziner dergleichen bedürfen, wäre ihm nicht in den Sinn gekommen.

»Ich verstehe nicht …«, schützt er erst einmal vor, denn er ahnt, dass dies zumindest kein Gespräch voller Herzlichkeiten werden wird.

»Was bedeutet Ihnen das Leben, mein Lieber?«, wiederholt der Professor und sieht ihn dabei mit ernsten Augen an.

»Wer kann schon sagen, was das Leben ist«, versucht der Befragte, ihm erneut auszuweichen, und schickt ein angestrengtes

Räuspern hinterher, das sogleich einen Hustenanfall auslöst, dessen Ende der Professor kommentarlos abwartet.

»Das Leben ist alles«, löst er die Frage dann selbst auf, als sein Patient wieder Luft bekommt. »Es ist das, was Sie spüren, sogar dieser Hustenanfall, es ist Ihr Herz, das pocht, es ist Ihr Magen, wenn er knurrt, es ist das Lachen über eine Anekdote und das Weinen vor Freude oder Schmerz – oder einfach nur das Glück, hier auf den Luganer See zu blicken, wenn die Sonne ihn verzaubert, und diesen Anblick als Geschenk zu betrachten.«

»Da stimme ich Ihnen zu«, sagt der Adressierte, und als er seinem eigenen Satz nachlauscht, stellt er fest, dass er ihn tatsächlich so meint. Zumindest in der Theorie, versteht sich.

»Das Leben ist nach meiner Auffassung nicht wiederholbar, im Sinne einer Wiederkehr, wenn Sie verstehen, was ich damit sagen will«, fährt der Professor fort. »Ich glaube an die unmittelbare Lebendigkeit, an *memento mori* und an *carpe diem* und daran, dass man sich die eigene Lebendigkeit so lange wie möglich erhalten sollte«, doziert er. »Wenn einem all das etwas bedeutet«, fügt er nach einer kurzen Pause hinzu, »das ist das Leben.«

»Das haben Sie schön gesagt. Sie sollten Bücher schreiben«, empfiehlt der Dichter und stellt dem Professor anheim, wie ernst er diese Empfehlung nimmt.

»Das überlasse ich gerne Ihnen«, erwidert der Professor freundlich. »Doch in meinem Ressort bin ich der Chef. Und mein Ressort ist nicht nur die Pneumologie, sondern es ist meine Aufgabe und Pflicht, meine Patienten dazu anzuhalten, Verantwortung für sich und ihre Gesundheit zu übernehmen. Auch so verstehe ich den hippokratischen Eid.»

Der Ermahnte schweigt, doch der Professor fährt fort: »Sie sind noch nicht so lange bei uns, mein Lieber. Da muss man sich an manches gewöhnen, das ist uns wohl bewusst.«

Ihm dämmert, worauf sein Gegenüber hinauswill.

»Wir sind bekanntlich kein Hotel, wir sind ein Sanatorium. Trotzdem klagen manche über Einschränkungen, zu wenige Freiheiten, wie sie diese in ihrem alten Leben genossen haben. Sie vergessen erstaunlich schnell, dass sie nach einer ordentlichen gesundheitlichen Krise zu uns kommen, hinter der oft auch eine seelische steckt. Das ist den Lungenpatienten häufig gemein. Wer nicht richtig atmen kann, kann nicht richtig leben.«

Sollte sich der Professor jetzt endgültig in Plattitüden verlieren?

»Bei uns sollen die Patienten alte Gewohnheiten ablegen, um gesund zu werden. Ich gebe zu, dass das nicht allen gelingt. Einige sind zu sehr geschädigt, ihr Leiden wird hier allenfalls gelindert. Auch so manches Ableben hat dieses Haus in all den Jahrzehnten seiner Existenz zu betrauern gehabt.«

Beinahe hätte er darauf erwidert, dass er das schon von der geheimnisvollen Schwester erfahren hat, doch diesen Impuls kann er gerade noch unterdrücken.

»Nun habe ich Sie mit der Frage überrascht, was Ihnen das Leben bedeutet. Angesichts der Tatsache, dass es Klagen über Nikotingeruch aus Ihrem Zimmer gibt …«

Er erschrickt.

»… und wir Grund haben zu der Annahme, dass Sie heimlich alkoholischen Getränken zusprechen …«

Reste im Zahnputzglas? Die Zigarettenstummel unter den Papiertaschentüchern im Mülleimer? Haben die Reinigungsdamen …? Sein Gehirn rast durch die möglichen Szenarien, er ärgert sich über seinen Leichtsinn und beginnt zu schwitzen. So viel zur erhofften Lockerung der Haftbedingungen.

»… bedeutet es Ihnen offenkundig nicht sehr viel, mein Lieber. Sie schaden sich massiv, noch dazu mit der Übertretung von Geboten unseres Hauses.«

Vorbei scheint es auch mit der Liebenswürdigkeit des Professors zu sein. Er muss zugeben, er hat ihn unterschätzt und fühlt sich bereits recht jämmerlich. Und dann vernimmt er das Befürchtete: »Ich muss Ihnen deshalb den Konsum von Alkohol und Zigaretten offiziell und strikt verbieten. Sie gefährden damit jeden Kurerfolg. Bei allem Respekt vor Ihrer Person und gerade deshalb – ich kann nicht anders.«

Nun bleibt dem Beklommenen nur noch der Versuch der eleganten Ablenkung. »Ich habe Ihnen noch nicht darauf geantwortet, was mir das Leben bedeutet«, sagt er also zum Professor.

Der hält inne und wirkt überrascht. »Ganz richtig, das haben Sie nicht.«

»Wollen Sie es wirklich wissen? Sie stehen ja unter Schweigepflicht, nicht wahr?«, fragt er und muss eine aufkommende Angriffslust in sich bändigen.

»Sagen Sie's mir nur.« Der Professor lehnt sich zurück.

»Ich weiß nicht, ob mir das Leben etwas bedeutet«, fängt der Patient an und rutscht zur Selbstberuhigung mit seiner Stimme fast in den Bassbereich hinab. »Ich weiß nicht, ob es mir jemals etwas bedeutet hat. Man wird in diese Welt hineingeboren und vorher nicht dazu befragt. Da liegt man dann und später steht man da und muss die Suppe auslöffeln, weil bange machen ja nicht gilt. Ich habe mir dabei schon wiederholt die Zunge verbrannt oder den Magen verdorben. Gut geschmeckt hat mir die Suppe selten, und oft genug hatte ich das Gefühl, man habe mir in dieselbe hineingespuckt. Eigentlich mag ich gar keine Suppen.«

Der Professor hört ihm zu und hat die Arme vor der Brust verschränkt.

»Mit der Zeit habe ich mir meine eigene Würzung zusammengemischt, die meistens verhindert hat, dass mir beim Auslöffeln übel wurde. Es gab gute Zeiten. Aber das Gefühl, für etwas bestraft zu werden, das ich gar nicht getan habe, bin ich bis heute nicht losgeworden.«

Er spürt, dass ihn sein eigener Satz bewegt und erschrickt darüber. Auch jetzt nicht, erst recht nicht jetzt wird geweint.

Er setzt sich auf.

»Das Leben halte ich für Zufall«, versucht er dem Professor mit größtmöglicher Nüchternheit zu verkaufen, »und zufällig ist der Mensch dem Zufall häufig nicht gewachsen. Ich schätze es, das Gute zu erforschen, doch ich bin selbst so weit entfernt davon, dass ich mir für meine Forschungen noch nicht einmal gestatten dürfte, Mittel aus anderen Quellen zu beantragen. Ich bin kein besonders guter Mensch, also kann ich auch nicht beanspruchen, dem Leben einen gesteigerten Wert beizumessen. Ich ziehe vor, das sogenannte Leben zu ertragen, durchaus mit Hilfsmitteln, die mir seit Langem treue und verlässliche Begleiter geworden sind. Das will ich gerne zugeben.«

Dass er es gerne tut, ist natürlich gelogen. Und was er nicht sagt, weil er es noch nicht einmal selber weiß, ist, dass er sich vor dem Leben fürchtet. Das ginge auch keinen etwas an.

»Na, das sind doch hochinteressante Überlegungen, mein Lieber«, brummt der Professor, jetzt wieder ganz freundlich. »Aber sie stimmen mich auch traurig. Lassen Sie uns bei Ihrem nächsten Besuch darüber nachdenken, wie Ihnen das Leben etwas besser behagen könnte.«

Kurz flammt in ihm die Hoffnung auf, der Mediziner könnte das Trink- und Rauchverbot über das Philosophieren vergessen haben, doch er hat es nicht.

»Und was Ihre, sagen wir, schlechten Angewohnheiten betrifft«, sagt er nämlich, als er sich erhebt und ihm zum Abschied die Hand reicht, »dergleichen darf hier nicht stattfinden. Sie sind zu krank, um Ihrer Lunge und Ihrer Leber das anzutun.«

Er ist noch nicht aus der Tür, als der Professor noch etwas sagt: »Übrigens, bevor Sie sich wundern – man hat Sie am Fenster gesehen. Mit Glas und Glimmstängel. Dieses Haus hat viele Augen. Machen Sie sich nichts draus. Wer so etwas meldet, tut es in der Regel aus Sorge um seine Mitmenschen. Seien Sie dankbar dafür.«

Er will bitter auflachen, doch er kann sich noch beherrschen.

Dergleichen darf hier nicht stattfinden. Er beschließt, diese bemerkenswerte Formulierung als eine Lücke zu deuten, als Spielraum, den er selbst gestalten kann. Hier nicht. Nicht mehr im Zimmer, natürlich nicht. Nicht mehr im Haus, ganz ohne Frage. Das hat er verstanden. Bevor ihm gar nichts an Hoffnung übrig bleibt, um der Hölle der Entsagung zu entrinnen, legt er sich also zurecht: Er könnte sich künftig häufiger zu Spaziergängen animieren. Die wird man ihm doch kaum verwehren. Und Toni wird er sich schon vollends zum Freund machen. Warum eigentlich nicht gleich heute?

Auf diese Weise beruhigt, verabschiedet er sich vom Professor, der nicht einmal zu ahnen scheint, wie es im Dichter aussieht, sagt artig ja und meint trotzig nein. Er hat es ja ein Leben lang so geübt.

AUF DER LICHTUNG

Er hat die Tür zur Praxis hinter sich geschlossen und wankt vorbei an den Patienten im Wartezimmer. Für einen Tag ist es eigentlich schon zu viel an Erschütterungen. Das Leben als Irrtum, als Heimsuchung gar, und dessen Sinnlosigkeit ohne Nikotin und Privatmedizin. Immerhin wurde er nicht zur Abreise aufgefordert. Das nennt man dann wohl *auf Bewährung*.

Für einen Moment lehnt er sich im Flur gegen die Wand. Er will zu sich kommen und seine Gedanken ordnen. Doch ins Zimmer mag er nicht gehen, denn dort sitzt vielleicht wieder diese eine Schwester und hält ihm unwillkommene Reden. Auch Lottes Geist weht seit der Brieflektüre noch dort.

Friedel will noch nicht einmal einen Brief von ihm. Er verletzt sie zu sehr. Und es würde ihr nicht helfen, zu erfahren, dass er am meisten sich selbst verletzt.

Schon diese Erkenntnis wäre ein Grund für ein Glas Privatmedizin. Aber er muss nachdenken, ohne Stütze. Wo kann er dies tun? Die Bibliothek fällt ihm ein. Dort sitzt man still und wird von niemandem angesprochen. Von den Büchern in den Regalen ist allerdings nicht viel Inspiration oder Trost zu erwarten, denn es sind die ewig gleichen wie in den Hotels: Sie unterschreiten aufs Traurigste das Niveau, das er für sich beansprucht. Ob man wohl alle Menschen, die auswärts nächtigen, für Kretins hält? Doch die Sessel dort sind angenehm ausladend und haben große Ohren, sodass man sich in ihnen verbergen und so tun kann, als starrte man in die Landschaft. Dort könnte man sogar ein paar Tränen …

Na ja.

Als er sich zur Bibliothek aufmacht, sieht er durch die Fensterfront, dass es aus einem grauen Himmel zu schneien beginnt. Wie passend. Und er hat schon vom Frühling geträumt.

Er öffnet die Bibliothekstür. Vorsichtig späht er hinein. Niemand zu sehen. Der Vormittag ist ja ungefährlich, fällt ihm ein, denn am Vormittag pflegt man hier nicht zu lesen, so man hier überhaupt liest. Die Liegekur beginnt erst in einer Stunde.

Sein Schritt auf dem schweren Teppichboden ist fast lautlos. Langsam bewegt er sich, vorbei an der Bücherwand, auf den großen Sessel an der Fensterfront zu, von dem er nur den Rücken sieht. Dort angekommen, fühlt er sich belohnt, denn niemand hat bislang dort Platz genommen. Er ist allein. So lässt er sich ins Polster sinken und sieht eine Weile dem Fall der Schneeflocken zu.

Was oder gar wer kann ihm schnell und leicht aufbauende Worte spenden? Wer könnte ihm ein Geländer zeigen? Er fühlt sich verloren. Könnte er jemanden anrufen und sich erleichtern? Es fällt ihm niemand ein.

Er liebäugelt damit, ins Düstere abzudriften. Das kann ja ganz unterhaltsam sein. Mit 62 könnte ein Leben zu Ende gehen. Und warum auch nicht? Da sagt man schon nicht mehr »viel zu früh«.

Wenn er am Rande solch dunkler Schluchten entlang flaniert, hat es noch immer funktioniert, sich die Mama herbeizudenken. Wenn er mit ihr sprechen will, tritt er am liebsten auf eine sonnenbeschienene Lichtung und begegnet ihr dort. Also schließt er die Augen und lässt sie erscheinen. Sie trägt ihr dunkelblaues Kleid mit den weißen Punkten und lächelt das Muttchen-Lächeln, das sie immer nur für ihn reserviert hatte. Trotz all ihrer Traurigkeit und Verhärtung konnte sie es jederzeit für ihren Jungen hervorzaubern. Fast. Und kaum ein anderer hat es je gesehen, denn sie lächelte überhaupt nur für ihn. Nun knipst er das Lächeln selber bei ihr an, als sie ihm gegenübersteht.

»Mein liebes, gutes Muttchen, du, jetzt sitze ich hier auf einem Berg und weiß nicht, wo es noch hingehen soll mit mir«, sagt er halblaut. »Für dich habe ich gelebt, damit *du* leben konntest. Ich war dein Schutzengel. Seit du nicht mehr hier bist, habe ich das Kostüm für diese Rolle eingemottet. Seitdem stehe ich wenig elegant im Unterhemd da und friere auf der Bühne dieser Welt. Du fehlst mir so sehr, wie mir sonst kaum jemand fehlen kann.«

Er muss innehalten, denn sofort fährt der Schmerz, dieser wohlbekannte Fiesling, quer durch seine Brust. Er ist noch immer nicht kleiner geworden. Schweiß tritt auf seine Oberlippe und auf die Stirn.

»Einen Enkel hast du«, murmelt er weiter. »Hättest du ihn gemocht? Er sieht aus wie ich als kleiner Junge. Es ist fast zum Fürchten. Wenn ich ihn ansehe, sehe ich mich selbst, und doch ist er ein ganz eigenes und sehr kluges Kerlchen. Ich glaube sogar, du hättest seine Mama gerngehabt, auch wenn du es natürlich nicht zugegeben hättest. Ich habe sie sehr gern, aber sei unbesorgt. Es wird wohl auch mit uns beiden nichts werden. Mit Lotte habe ich ja schon genug zu tun.«

Die Mama hat sich auf einem Baumstamm niedergelassen und hört ihm, ohne etwas zu sagen, zu. Er setzt sich neben sie und lässt sogleich seinen Kopf auf ihren Schoß sinken. Er schmiegt seine Wange an den Stoff ihres Kleids, während sie ihn lange streichelt und zärtlich krault.

»Mein liebes, gutes Muttchen, du«, murmelt er, und er ist sicher, dass er wirklich hören kann, wie sie ihm »Mein lieber, lieber Junge« ins Ohr raunt.

Es ist erst halb zehn Uhr am Vormittag, und doch gerät er in einen Dämmerzustand, als habe er sich mit seiner Fantasie selbst hypnotisiert. Seine Augenlider klappen nach unten, er kann nichts dagegen tun. Er hat aufgehört zu murmeln. Und die Mama ist nicht mehr auf der Lichtung zu sehen. Sie hat ihn schon wieder verlassen. Er bleibt allein zurück und friert.

Als er beschließt, sich zusammenzunehmen und die Augen wieder zu öffnen, sieht er den Emil-Wiedergänger ihm gegenüber auf der Fensterbank sitzen. Er erschrickt darüber nicht einmal.

»Verzeihen Sie, wenn ich Ihre Gedanken störe«, sagt der alte Herr freundlich.

»Sie haben mir gerade noch gefehlt«, brummt der Angesprochene.

Da ist er also wieder. Dem Dichter wird bewusst, dass aus der angedachten Tischgemeinschaft im Speisesaal nie etwas werden wird. Der Emil-Wiedergänger wird ein so unverhoffter wie für andere unsichtbarer Begleiter bleiben, ein stiller Freund von gleichzeitig erstaunlicher Beredtheit.

»Ich weiß, dass Sie an sie denken. Sie sind ein guter Sohn, der beste, den sich eine Mutter nur wünschen kann. Doch beschweren Sie sich nicht zu sehr mit Ihrer Trauer. Es geht ihr gut, das weiß ich. Kümmern Sie sich um sich selbst. Das ist Ihr Auftrag in Ihrem jetzigen Dasein. Sie würde es so wollen«, versichert er ihm mit seinem traurigen Lächeln. Nach einer Pause fügt der Alte noch flüsternd hinzu: »Sie *will* es so.«

Da hört er, wie sich hinter ihm die Tür öffnet. Er wendet den Kopf, linst um die breiten Ohren des Sessels, die Tür steht offen, doch niemand kommt herein. Als er sich wieder umdreht, ist der alte Herr nicht mehr da. Das macht ihn ein bisschen traurig, doch als er hinaussieht auf die grauweiße Wand aus Himmel und Schnee, überströmt ihn plötzlich fließendes Glück.

Sie will es so, hat er gesagt. Er fühlt sich der Mama jetzt so nahe wie schon sehr lange nicht mehr. Dies wäre ein guter Moment, um nach dem nächsten Wegdämmern einfach nicht mehr aufzuwachen. (Er wäre damit einverstanden.) Oder endlich einen Spaziergang ins Dorf zu machen. Im *San Gottardo* beginnt schließlich bald der Ausschank, wie er von Toni erfahren hat. Der dichter fallende Schnee verstärkt das

Gefühl eines bevorstehenden Abenteuers. Er wird sich ab-
melden. Und die Liegekur kann ihm gerade ganz gestohlen
bleiben.

EIN MANN IM SCHNEE

Zurück in seinem Zimmer stellt er mit Erleichterung fest, dass der Vorrat noch da ist, im Koffer wie im Schrank. Das könnte sogleich mit einem Gläschen gefeiert sein, doch es drängt ihn hinaus. Eine Packung Zigaretten steckt er zusammen mit einem der Flakons in die Innentasche seines guten Mantels. Er ist gefüttert, doch ob er damit durch die feuchte weiße Wand kommt, ohne sich den Tod zu holen, kann er nicht zweifelsfrei beschwören. So dramatisch wie dem tapferen Castorp im Schneesturm wird es ihm wohl nicht ergehen, sagt er sich. Es soll ja nur ein Spaziergang werden, und *er* hat eine gute Orientierung, zumindest in geographischer Hinsicht. Vor der »weißen Leere«, die ihn draußen erwartet, dem zauberbergigen »dunstigen Nichts«, in das er blickt, wenn er aus dem Fenster sieht, fürchtet er sich kaum. Vielmehr sehnt er sich sogar nach einem Zustand der Loslösung, frei von jeder, auch landschaftlicher Kontur, nach einer existenziellen Situation also, weil er hofft, dass er dann vergessen kann. Lotte mit ihrem Furor und ihrer nachgetragenen Liebe. Auch Friedel und den Jungen, nur für Stunden, weil es zu sehr schmerzt, an sie zu denken. Die Richtersgattin – und natürlich die junge Frau mit ihrem tränenüberströmten Blick.

Wenn er jetzt einfach losgeht, den Weg ins Freie nimmt, wird ihm der ewige alte Rucksack mit all diesen Steinen schon irgendwo auf halbem Wege vom Rücken gleiten und im Schnee versinken.

Von der Schwäche seines Körpers spürt er fast nichts mehr. Ist es wirklich erst wenige Tage her, dass ein Spaziergang ihm fast den Garaus gemacht hätte? Es rasselt noch hin und wieder in den Bronchien, aber streng genommen tut es dies ja seit Jahrzehnten. Er mag auch noch etwas Fieber haben, doch daran hat er sich ebenfalls längst gewöhnt. Nun verspürt er Vorfreude auf Menschen, ja, auf Männer, die keine Gezeichneten sind, sondern rotwangige, kerngesunde, herrlich unkomplizierte Leute aus dem Dorf, die sich an dem laben, was sie im Glase haben, und sich gemeinsam ihres Daseins erfreuen, wie er es in seiner ganzen Schlichtheit nur beneiden kann. Diese Aussicht lässt eine lange nicht mehr gekannte Kraft in ihm wachsen, die für den Weg nach unten und zurück schon ausreichen wird.

Er solle sich um sich selbst kümmern, hat der Emil-Wiedergänger ihm gesagt. Diesen Auftrag will er gerne annehmen. Schließlich ist die seelische Hygiene als Genesungshilfe nicht zu verachten. Auch auf diese Weise sind die Worte des Professors doch sicher zu verstehen.

So meldet er sich für das Mittagessen ab.

»Ein kleiner Spaziergang soll es werden«, gibt er als Begründung an und findet, dass er damit nicht komplett gelogen hat. Die Dame an der Rezeption weist ihn auf den Liegekurtermin hin, den er sie bittet, auf den Nachmittag zu verlegen. Sie kann ja nicht wissen, dass er selbst nicht weiß, ob er bis dahin schon zurück sein wird. Heute ist der Tag des lebensfrohen Herrn. Er verspürt freudige Aufregung, als er in die gefütterten Lederhandschuhe schlüpft, denn es geht dem vergnüglichen Leben entgegen. Im Schirmständer am Eingang sieht er einen Gehstock, der ihm nicht gehört. Er beschließt, ihn für seinen Ausflug kurzerhand auszuleihen. Man kann ja nie wissen.

Als der selbst ernannte Freigänger die Tür aufstößt, bereit, der grauweißen Wand todesmutig die Stirn zu bieten, weht ihm ein eisiger Windstoß ins Gesicht. So schlägt er mit der freien Hand den Schal vor den Mund und zieht den Hut noch tiefer in die Stirn, ungebrochenen Willens, nicht umzukehren. Den unsichtbaren Schatten hinter ihm hat er wohl bemerkt und zugleich ignoriert. Auf dem Treppenabsatz sitzt der fast schon vertraute schwarze Panther. Er sitzt dort ganz ruhig, noch nicht einmal in lauernder Haltung, scheint einfach nur er selbst zu sein und blickt dem Aufbrechenden hinterher.

Die Schneeflocken wirbeln, als ließen sie sich ebenfalls von nichts und niemandem beeindrucken. Er begrüßt sie als fröhlich tanzende Begleiterinnen auf seinem Weg ins Freie, hinab ins Tal, zu Toni.

Die Stufen, die ins Dorf hinunterführen, sind kaum mehr zu erkennen. Niemand hat sie geräumt. Auch ist alles so eingegraut, dass er über sich einen Abendhimmel wähnen könnte. Er sieht drei Meter weit, vielleicht fünf. Da ist er froh über den Handlauf, auf den er seine Rechte legt. In der Linken hält er den Gehstock, den er vor jedem Schritt in den Schnee steckt, und so kommt er zwar ausgesprochen zaghaften Fußes voran, doch er kommt voran, immer ein Stück näher in Richtung Glückseligkeit.

Ist er erst auf die Via Roncone gelangt, muss er sie nur noch entlanggehen und am Ende die Linkskurve nehmen. Von dort aus müsste man das Lokal schon erspähen können. Seine Augen brennen in der eisigen Luft, die in seinen Lungen sticht wie Stahl. Auch friert und schwitzt er zugleich unter dem Hut. Manchmal droht er auszurutschen, einmal knickt er sogar um, und jedes Mal bekommt er einen Schrecken, der ihm nur noch mehr Schweiß aus den Poren treibt. Doch er wird durchhalten. Das Gefühl einer wiedergewonnenen Freiheit treibt ihn voran. Und der Gedanke an das Wandern mit der Mama durch die Lausitzer Berge, die Sächsische Schweiz oder den Thüringer Wald.

Es war ihrer beider Hoch-Zeit, eine nie mehr danach erlebte Verbindung, mit keinem anderen Menschen, äußere Bewegung entsprach der inneren. Er muss sich den Gedanken verbieten, die Mama könnte ihm nun bei seiner kleinen Wanderung zusehen. Er wünscht sich aber auch, er könnte ihn zulassen, ohne Angst vor nicht beherrschbarem Sentiment.

Ein Hustenreiz quält ihn, doch es muss weitergehen, auch wenn sein Schritt schlurfender wird. Und kaltes Wasser hat er nun auch noch im Schuh.

Hin und wieder, zwischen Husten und Keuchen, bleibt er stehen und hält inne. Dann kneift er die Augen zusammen und sieht sich laufen durch das zerbombte Berlin und auch durch Dresden, vorbei an einstmals vertrauten Häuserreihen, vorbei an Menschen, die in bleicher Erstarrung und mit erloschenem Blick am Wegesrand stehen, als hätten sie noch immer nicht begriffen. Er tut, als sähe er sie nicht, denn in seiner Ziellosigkeit will auch er nicht gesehen werden.

Auf der Via Roncone ist niemand sonst unterwegs. Alles wird zunehmend eins. Nur dem Verlauf der Straße kann er gerade noch folgen und mehr an Sicht bedarf es auch nicht.

Einmal rollt gemächlich ein Kutschwagen vorbei, leider in die andere Richtung, vor den ein recht betagter Gaul gespannt ist, der seine liebe Mühe hat. Vom Bock grüßt ihn ein alter Bauer, den breitkrempigen Hut tief ins Gesicht gezogen. Als der Freigänger zurückgrüßt, erkennt er den Alten an seinem Lächeln. Vermutlich wollte er nur sehen, ob sich der Wanderer tatsächlich um sich selbst kümmert und den Auftrag erfüllt. Gewiss kann er nun zufrieden weiterfahren. Und die Mama getrost wieder in den Wolken verschwinden.

Er will einen Schluck aus dem Flakon nehmen, er möchte rauchen – und besinnt sich. Das Ziel ist ja nah. Man hört, in kaum 15 Minuten sei man dort. Ihm hingegen ist, als sei er seit Stunden unterwegs. Es ist ein wohliges Verschneien der Zeit, in das er sich begeben hat. Allerdings spürt er seine Füße nicht mehr gut. Da sind nun doch Maßnahmen angezeigt. So klemmt er den Gehstock zwischen die Beine und versucht, die Balance zu halten, während er in die Innentasche seines Mantels fährt, den Flakon herausnestelt und ein paar Schlucke nimmt. Die Knie zittern, die Hände auch. Etwas Whisky läuft ihm seitlich das Kinn herunter, aber das bemerkt er nicht. Nun ist es besser.

Sein Blick geht hinauf zum Hügel. Irgendwo dort oben thront der gläserne Operationssaal, von dem er hofft, ihn nie von innen sehen zu müssen. In ein paar Fenstern der riesigen Heilstätte brennen Lichter, deren Schimmer allein es schafft, das Grau zu durchdringen. Er hat die Mauern hinter sich gelassen, sie im Schneegestöber verschwinden lassen, und damit alles, was er an Anwerfungen mit ihnen verbindet, vor allem die Menschen, die ihm zusetzen, anstatt den gebührenden Abstand zu wahren. Was dort oben geschieht, geht ihn hier auf der Via Roncone schon kaum mehr etwas an.

Er liebt den Schnee, auch wenn er nun an ihm leidet. Am liebsten würde er zu Boden sinken und den Flakon leeren. Doch *Tod durch Erfrieren* steht heute nicht auf dem Spielplan. Es bedarf also großer Gedanken, beschließt er, aus denen er Kraft ziehen kann. Wieder bleibt er für einen Moment stehen, schließt die Augen und denkt das Undenkbare, Große: Man könnte ja irgendwann gesundet und geläutert wieder nach Hause fahren, sich alles von allen verzeihen lassen, sich, besser noch, selber verzeihen und noch einmal Entwicklung anstreben. Man könnte sich besinnen und das Schädliche vom Guten scheiden. Man könnte anderen Schmerzen zufügen, nur noch einmal, um sich selbst zu heilen. Man könnte sich sagen, dass der Mensch sich irren darf, solange er zur Umkehr fähig ist. Man könnte. Ach, könnte man.

Dann öffnet er die Augen wieder und sieht nach vorn: In wenigen Metern hat er die Kurve erreicht. Dort steht schon der schwarze Panther, als warte er auf den einsamen Wanderer. Er muss ihm wohl gefolgt sein, und diesmal beschleicht ihn das Gefühl, als hätte es seine Bewandtnis damit.

MENSCH UNTER MENSCHEN

Der Gewaltmarsch, den er hinter sich gebracht hat, ermöglicht dem Geschwächten ein lange nicht mehr gekanntes Hungergefühl. Als er den Vorraum des Gasthauses betritt, kommen ihm Düfte von Gesottenem und Gebratenem entgegen, die er erstaunlich verlockend findet. Um seine Beine streicht ein leise miauendes, dezent geschecktes Tierchen, das den Katzenfreund rührt. Er zieht seine Handschuhe aus und bückt sich vorsichtig, um es auf den Arm zu nehmen und ihm mit der flachen Hand langsam über das Fell zu fahren. Nicht nur die Hand wärmt ihm dies. Das Kätzchen fängt sogleich zu schnurren an. Der entwurzelte Dichter fühlt, dass er angekommen ist, und kann schon jetzt nicht mehr aufhören zu lächeln.

Aus der Stube dringen unaufgeregte, heitere Stimmen. Dort zieht es ihn nun hinein. Er entlässt das Tier von seinem Arm in den dunklen Gang, drückt die Klinke und öffnet die Tür in den Gastraum. Was sich ihm auftut, ist eine Männerwelt, ein kleines Paradies, eine Zuflucht. So hat er es sich ersehnt. Man sitzt in einer Art Urfrieden an Tischen vor einem Bier oder am Tresen vor einem solchen, auch vor einem Schnaps oder gleich beidem zusammen. Ein junger Mann hat Würste mit Krautsalat auf seinem Teller und trinkt aus einem Steinkrug. Ein anderer, älterer sitzt gedankenversunken vor einem Brett mit Käse und zelebriert, was ihm aufgetischt wurde, mit rotem Wein. Man spielt Karten, man klopft einander auf die Schulter und plantscht in einem wohligen Bad der Brüderlichkeit, die das Herz des Dichters erobert, aber auch schmerzt.

Die einzigen Frauen, die er entdecken kann, sind zwei Servierdamen in Schürzen, fröhlich und flink. Man lacht, man scherzt, man ist sich einig, und wenn man es nicht ist, dann scheint es niemanden zu stören.

Toni steht am Zapfhahn und ist recht beschäftigt. Trotzdem erkennt und grüßt er den neuen Gast sofort: »Das ist ja eine Freude! Kommen Sie nur herein!«, ruft er ihm in bestem Deutsch und mit herrlichem Akzent zu. Dann holt er eine große Papiertüte hervor und überreicht sie dem Eintretenden, dessen Hut und Mantel voll Schneeflocken prangen. Die Stange Zigaretten ragt ein Stück heraus. Die Tüte hat auch aus anderen Gründen ein gewisses Gewicht, wie der Dichter bei deren Empfang zufrieden feststellt.

»Ich hätte sie Ihnen auch gebracht«, versichert ihm Toni, »aber wenn Sie schon mal zu uns kommen …«

Der neue Gast ist beglückt, entledigt sich seines Mantels, lässt noch einmal gelassen einen Schweißausbruch über sich ergehen, hustet sich einen Rest Anstrengung aus dem Leib und nimmt mit unendlicher Erleichterung an einem der Tische Platz. Er hätte nicht geglaubt, dass das Leben noch einmal so freundlich zu ihm sein würde.

Am Himmel ist es mit einem Mal viel heller geworden. Durch ein holzsprossengevierteltes Fenster sieht der Dichter zu, wie sich der Schneefall langsam verflüchtigt. Eine Wolkenversammlung debattiert noch darüber, ob sie den Blick auf die Sonne für die Menschenkinder freigeben will. Am Ende erringt sie einen strahlenden Sieg, obwohl sie gar kein Stimmrecht hatte.

Regie und Dramaturgie haben wieder einmal ganze Arbeit geleistet. Das muss der Dichter ihnen lassen. Vergnügt genießt er seinen Logenplatz, während man ihm den ersten Whisky serviert. Er hat ihn bei der etwas älteren Servierdame mit dem rosigen Gesicht bestellt. Das Lächeln darauf will er noch öfter erblicken. Der Whisky soll im Teeglas kommen, zur Vorsicht. Man weiß ja nicht, wem man hier noch begegnet.

Beinahe hat er vergessen, wie es ist, sich in der wirklichen Welt aufzuhalten, hier auf Erden sozusagen. Noch fühlt er sich wie das neu aufgenommene Mitglied eines Clubs, das die Etikette desselben noch nicht kennt, doch dann verlässt Toni den Zapfhahn und setzt sich zu ihm.

»Hat der Herr Professor Ihnen einen Besuch bei uns verschrieben?«, fragt er seinen neuen Gast keck.

Der Angesprochene lächelt als Antwort still und schaut in Tonis verschmitzt dreinblickende Augen.

»Dann will ich Ihnen mal vorstellen, wen wir da noch so haben. Alles hohe Herrschaften, alles Ehrengäste, wie nun auch Sie!«, sagt der Wirt charmant, ohne sich anzubiedern, und deutet auf die anderen Tische. »Sehen Sie, dort drüben auf der Eckbank, der Herr mit der Baskenmütze: Das ist unser Pauli, Pauli Burkhard. Früher war er mal beim Zirkus. Aber immer war er Künstler, ein Maler und Bildhauer, und jetzt wohnt er bei uns im Haus. Und wenn es richtig fröhlich wird hier unten, ist er meist der Fröhlichste von allen. Und so wenig ich von der Kunst verstehe, so viel Ahnung hat er davon. Sie werden, nein, Sie *müssen* ihn kennenlernen!«

Der Besagte mit der schwarzen Nickelbrille und der Baskenmütze sieht zu ihnen herüber und prostet ihnen mit seinem Glas Rotwein freundlich zu.

»Und der Herr neben ihm ist unser Pfarrer aus Frankreich, auch wenn Sie ihm nicht ansehen, dass er ein Geistlicher ist. Wenn wir himmlischen Beistand brauchen, ist er für uns da, und wenn er einen irdischen Schnaps braucht, kann er sich auf uns verlassen. So haben alle was davon!«, resümiert Toni und lacht, auf wunderbare Weise so begeistert von sich selbst, dass der scheue Gast gleich mitlachen muss.

Das Lachen kommt noch recht verrostet und bronchial aus ihm heraus. Er hat lange nicht mehr gelacht, das stellt er in diesem Moment durchaus erschüttert fest, doch ebenso, dass er den Rucksack mit all seinen Steinen irgendwo im Schnee verloren haben muss. So ein dummes Missgeschick aber auch. Zwecks Linderung dieses Schocks nimmt er einen schönen

Schluck aus seinem Teeglas und findet, dass die Farbe des Getränks durchaus auf einen Darjeeling schließen lassen könnte, Ziehzeit dreieinhalb Minuten. Der Tee heißt jedoch *Tullamore Dew*.

Als er sich in der Stube des *Café Ristorante San Gottardo* weiter umsieht, das einfache, anständige Holzmobiliar aufnimmt und die schöne Täfelung der Wände sowie die Zeichnungen von Bergen, die sie schmücken, schlichte Andeutungen in wohltuend wenigen Strichen, ahnt er eine Heimat. Hierher könnte er künftig aus dem Schattenreich des Sanatoriums entfliehen.

Toni ist zwischenzeitlich in die Küche verschwunden und taucht nun mit einem Teller Kesselfleisch und dampfenden Kartoffeln wieder vor ihm auf. Ein Bier stellt er auch dazu. »Jetzt lassen Sie sich's tüchtig schmecken!«

Er hat seinen Hunger schon wieder vergessen und dieses Essen nicht bestellt, doch zur eigenen Verwunderung schiebt er lächelnd das Teeglas beiseite und macht sich über das Servierte her. Kurz rebelliert sein Magen noch gegen die ungewohnten Eindringlinge, doch dann schießen die Säfte zu und er beginnt, mit schnell wachsendem Vergnügen zu essen. Dabei entfahren ihm immer wieder Seufzer einer Lust, die er schon lange, sehr lange nicht mehr empfunden hat.

Ach, könnte man? Man kann!

SORGE

Lotte ruft an. Zur Unzeit. Die Rezeptionsdame, in banger Erwartung eines weiteren Furors seitens der herrischen Anruferin, kann ihr nämlich nicht sagen, wo der gewünschte Herr sich gerade aufhält. Man habe in seinem Zimmer nachgesehen und festgestellt, dass Mantel und Schuhe noch nicht wieder an ihrem Platz sind. Die Dame am Empfang führt zu ihrer Verteidigung die offizielle Abmeldung des Patienten an, ebenso dessen selbst erbetene Verlegung seines Therapietermins. Dass dieser verstrichen ist, ohne dass der Patient ihn wahrgenommen hätte, verschweigt sie wohlweislich. Sie verschweigt ebenso, dass sie sich bereits Sorgen und insgeheim auch Vorwürfe macht, obschon sie diese gar nicht spezifizieren könnte, wenn man sie danach fragte. Doch wenn Patienten abgängig sind, zumal in fragiler Kondition und bei diesem Wetter, ist beides angezeigt, schon aus Prinzip. Man hat schließlich einen Ruf zu verlieren. Die Anruferin aus Deutschland trägt mit ihrem Bohren und Insistieren nicht viel dazu bei, zu einem anderen Schluss zu kommen.

»Dann will ich den Professor sprechen«, fordert sie. »Oder die Leitung des Hauses.«

Die Dame an der Rezeption hat schon manches erlebt, also hört sie durchaus, dass sich die Anruferin in einem pikanten Zustand befindet: angetrunken und verletzt.

Die gnädige Frau möge so gut sein, sich einen Augenblick zu gedulden, entscheidet sie sich dann, der Dame aus Deutschland zu sagen. Man kümmere sich. Und ja, sie versuche sie nun mit dem Professor zu verbinden.

Sie spürt eine schon wohl bekannte unangenehme Nässe unter den Achseln, die beginnt, sich auf ihrer blauen Bluse abzuzeichnen. Einarmig angelt sie sich ihren Blazer vom Stuhl, um das Malheur zu verdecken, während sie mit der anderen Hand die Leitung mit der Anruferin auf »Warten« stellt und versucht, den Professor zu erreichen.

»Ja, meine Liebe«, vernimmt sie zu ihrer Erleichterung nach wenigen Sekunden dessen väterlich-warme Stimme.

Die Empfangsdame übermittelt ihm die Situation und betet im Stillen, dass er sie ihr freundlich abnehmen möge.

»Er ist abhängig, sagen Sie? Seit wann machen Sie sich denn *darüber* Gedanken?«

Seine Mitarbeiterin sagt noch einmal »abgängig« und betont das »g«, um den Mediziner mit dem beginnenden Gehörverlust aufzuklären.

In der persönlichen Begegnung wird diese Schwäche noch nicht offenkundig. Wer mit dem Professor telefoniert, erkennt die zunehmende Einschränkung jedoch schnell und muss manches an Geduld sowie eine prägnante Aussprache bemühen, damit das Gespräch erfolgreich verläuft. Diesen Akt der Schonung vollzieht das Personal des Hauses aus Liebe und Respekt für den Chef, der die eigene Erscheinung des Alters noch nicht erkannt zu haben scheint. Oder erkennen will.

»So. Dann macht er sich wohl einen schönen Tag im Tal«, vermutet er, nun im Bilde. »Dergleichen habe ich ihm im Grunde auch geraten. Er ist hier ja schließlich zur Kur.«

Die überaus geschätzte Mitarbeiterin versichert ihm, dass sie das ebenfalls hoffe, die Frau des Patienten aber dennoch exakte Auskunft über sein Verbleiben verlange.

»Er ist ein erwachsener Mann – und sie nur die Lebensgefährtin«, unterbricht er sie sanft, »nicht etwa eine direkte Angehörige. Wir sind ihr keinerlei Auskunft schuldig. Sie werden einen Weg finden, ihr das freundlich genug zu sagen, nicht wahr? Das ist doch Ihre besondere Stärke, meine Liebe. Ich würde mich auch selbst darum kümmern, doch ich bin gerade in einem Gespräch.«

Die Verzweifelte atmet einmal tief ein und wieder aus, murmelt eine halbherzige Zustimmung und schaltet wieder in die Leitung der Leib gewordenen Heimsuchung um.

Der Professor lasse herzlich grüßen, doch er bedauere, er selbst sei gerade unabkömmlich, gleichwohl zuversichtlich, dass der Herr sich nur auf einem Spaziergang befinde, der seiner Gesundheit ja sicherlich zuträglich sein werde, den er selbst sogar zuletzt empfohlen hätte.

»Zuträglich! Ich werde Ihnen gleich sagen, was Ihrem Hause zuträglich wäre! Dass Sie keine Patienten verlieren! *Ich will meinen Mann sprechen!*«, vernimmt die Rezeptionsdame die Anruferin in der ihr schon vertrauten Lautstärke und zieht die Augenbrauen hoch.

Sobald er zurückgekehrt sei, werde man ihm selbstverständlich ausrichten, er möge sie zurückrufen, schlägt sie der Erzürnten vor. Und sagen, dass es dringlich sei.

»Das ist es allerdings! Er lässt nämlich nichts von sich hören!«, plustert sich die Empörte noch einmal auf. Doch war da nicht auch ein Zittern in ihrer Stimme zu vernehmen?

Die Dame vom Empfang weiß, dass es nun an der Zeit ist, das Telefonat elegant zu beenden, bevor ihr noch aufgenötigt wird, seelsorgerische Fähigkeiten einzusetzen. So wünscht sie der Anruferin einen guten Tag und versichert ihr immerhin, dass sich alles aufklären und zum Besten wenden werde.

»Das wäre wohl das erste Mal …«, keift es noch aus der Muschel, während die Rezeptionsdame den Hörer wieder in Richtung Gabel senkt, froh, so tun zu können, als habe sie es nicht mehr gehört.

Dieses Gespräch hätte noch lange andauern können und tut es doch nicht. Man hat ja seine Methoden.

Nach der Ruhe, die der Heldin am Empfang für diese diplomatische Leistung abverlangt wurde, kommt nun die Unruhe zurück. Wo steckt nur dieser an sich liebenswürdige, scheue und doch so berühmte Herr, dem als Mann dieser Frau längst ihr ganzes Mitgefühl gilt? Er wird doch nicht einer jener sein, dessen dunkle Seite erst erkennbar wird, nachdem es schon zu spät … Fast ihr gesamtes Reservoir an Zuversicht hat sie an die Anruferin abgegeben, wie sie nun merkt, und für sich selbst keine mehr zurückbehalten. Doch dann nötigt sie sich ein strenges *Nein!* auf, denn man wird warten müssen, sagt sie sich eisern, auch wenn es schwer zu ertragen ist. Als Kriegswitwe hat sie gelernt zu warten. Und damit umzugehen, dass das Ende nicht immer ein glückliches ist.

An einem Bleistift kauend blickt sie zu Boden und kämpft mit sich, Bilder eines zugeschneiten, leblosen Körpers im Graben längs der Via Roncone wieder in ein Nichts zurückzudrängen, dorthin, wo sie schon unter Mühen all die anderen Bilder eingelagert hat, als ihr Liebster keine Feldpost mehr versandte und auch nicht mehr nach Hause kam, als der Krieg zu Ende war. Als man ihr endlich sagte, dass er in der Schlacht um Bautzen gefallen war, als einer der Letzten, und man ihm posthum das Verdienstkreuz für Frontkämpfer verleihen wolle, verlor sie die Kontrolle. Über die Bilder und lange Zeit über sich selbst. Das wollte sie nie mehr erleben, sagte sie sich, als sie genesen war, ließ alles hinter sich und nahm die Stelle auf dem Goldhügel an.

Der Bleistift in ihrer Hand ist schon ganz durchgekaut.

HINAUFGESCHAUT!

Der neue Gast sitzt schon eine Weile an seinem Tisch, verdaut das soeben Genossene, hat auch den letzten Rest Bier hinterhergeschüttet und denkt an – nichts. Bis ihm doch ein Gedanke kommt: Wem dies gelingt, der hat im ZEN-Buddhismus eine höhere Bewusstseinsstufe erreicht. So hat er es einmal voller Neid und mit gleichzeitiger Verachtung gelesen.

Die Katze hat ihn längst wieder erobert und sich auf seinem Schoß zusammengerollt. Eine Steigerung dieses glückserfüllten Zustands erscheint ihm kaum denkbar.

Als man ihm den zweiten »Tee« serviert, kehrt er für einen Moment ins Hier und Jetzt zurück und tastet in seinen Manteltaschen nach der Notiz mit dem neuen Liegekurtermin am Nachmittag. Hatte er sie nicht zusammen mit den Zigaretten …? Er findet den Zettel nicht und kurz wird ihm deshalb heiß, doch das gibt sich schnell wieder, und so bleibt es bei diesem vernachlässigbaren Rückfall in lästige Verpflichtungsgedanken. Der Liegekurfürst hat heute dienstfrei.

Er will gegenüber niemandem mehr Rechenschaft ablegen müssen, niemals mehr, nimmt er sich in diesem Augenblick vor. Ein verspäteter Vorsatz fürs neue Jahr. Vielleicht fürs neue Leben gar.

Erstmals durchfährt ihn ein Stich der Freude, wenn er daran denkt, wie er sich einmal dem Sohn offenbaren wird. Er wird ihm sagen, wer er ist, geschnitzt aus einem besonderen Holze, von dem schon mancherlei Späne abgefallen sind. Man müsste dem Kleinen etwas widmen, das ihn selbst überdauert. Eine Geschichte müsste es sein.

Als die nächste Zigarette glimmt und er die Streichholzschachtel in der Hand wiegt, bevor er sie vor sich ablegt, entzündet sich daran auch eine Idee. Und noch ein Freudenstich durchfährt ihn. Das Leben kann auch siegen über Betrübnis und nahenden Zerfall. Ein Roman wird entstehen, ein Vermächtnis, das ihm gewiss auch die Liebe seines kleinen Sohnes sichern wird.

Am Tisch gegenüber hat ein Paar Platz genommen. Einfache Leute, das sieht er sofort. Die Frau, klein und schmal, schätzt er auf Mitte vierzig. Sie sitzt mit dem Rücken zu ihrem Beobachter. Der Mann wird die fünfzig überschritten haben. Für beide ist das Leben also so gut wie vorbei, urteilt er im Stillen.

Der Mann keucht noch im Sitzen, denn er trägt einen gewaltigen Bauch vor sich her, den er kaum zwischen Bank und Tisch zu lagern weiß. Sein gerötetes Gesicht gibt außerdem Anlass zur Sorge.

Er sieht, wie die Frau dem Mann mit dem Handrücken über die Wange streicht, wie um ihn zu beruhigen. Da lächelt der Mann sie auf eine Weise an, die dem Beobachter abermals einen Stich versetzt, weil er weiß, dass er selbst noch keine Frau so angelächelt hat, und schon gar nicht Lotte.

Schier unerträglich ist ihm schließlich, als beide ihre Hände in der Mitte des Tisches zusammenführen, als seien sie frisch verliebt. Fast unwürdig, sich so in aller Öffentlichkeit zu zeigen, versucht er sich einzureden, um von sich fernzuhalten, was er bei diesem Anblick tatsächlich empfindet.

Die beiden sprechen nicht, sie schweigen, wie nur Paare schweigen können, die nichts mehr miteinander reden müssen, weil sie keiner Worte mehr bedürfen, um sich ihrer Verbundenheit zu vergewissern.

Da helfen nur mehrere Schlucke aus dem Teeglas. Und die Katze zu streicheln, das hilft auch.

Er schaut sich in der Gaststube um. Hier könnte er noch lange sitzen und es sich einrichten in seinem wohligen Widerstand, seiner Loslösung und im selbst eingelassenen Bad des

Vergessens. Da lässt ihn ein plötzliches »Hinaufgeschaut!« vom Tisch mit der Eckbank zusammenfahren und aktiviert für einen Augenblick seinen Fluchtreflex, entwickelt und gepflegt seit den unheilvollen Tagen beim Militär.

Pauli Burkhard hat sich kerzengerade aufgesetzt und die Verse, die seinem Mund entströmen, sind dem Dichter wohl bekannt. Der Künstler deklamiert sie erhobenen Glases, mit feierlicher Miene, warmem Timbre – und fehlerlos:

> *Hinaufgeschaut! – Der Berge Gipfelriesen*
> *Verkünden schon die feierlichste Stunde;*
> *Sie dürfen früh des ewigen Lichts genießen,*
> *Das später sich zu uns hernieder wendet.*
> *Jetzt zu der Alpe grüngesenkten Wiesen*
> *Wird neuer Glanz und Deutlichkeit gespendet,*
> *Und stufenweis herab ist es gelungen; –*
> *Sie tritt hervor!*

Was die solchermaßen gefeierte Sonne in diesem Moment auch bereitwillig tut. Stube wie Seelen werden erhellt und die Gäste brechen in spontanen Beifall für beide Darbietungen aus. Der Rezitator steht auf, was angesichts seines Zustands und der beengten Verhältnisse am Tisch nicht ganz leicht gelingt, und deutet eine Verbeugung an. Fabelhaft, findet auch der Dichter am anderen Tisch, und kann es kaum fassen, dass er sich nun selbst erhebt, um auf die Runde um den Künstler zuzustreben. Er vergisst sogar fast, sein Teeglas mitzunehmen.

Die Katze springt aufgeschreckt von seinem Schoß und rast davon, was ihm leidtut, doch sie wird ja gewiss bald zu ihm zurückkehren. Darauf konnte er sich immer verlassen.

Erhellung findet nun auch in ihm selber statt. In all den Jahren ist man stets auf *ihn* zugegangen. Zumeist hat man sich *ihm* vorgestellt, dem Gepriesenen. Er musste lediglich die Huldigung empfangen. Das erkennt er nun, dankbar und beschämt. So ist es an der Zeit, daran etwas zu ändern. Entschuldigung. Entwicklung. Erneuerung. Erhellung. In ein kleines Gasthaus im Tessin musste er geraten, um darauf zu kommen, dass er die Beleuchtung in seinem Leben verändern muss.

MAN UNTERHÄLT SICH

Vor dem Künstler Pauli Burkhard steht ein Merlot im hübsch verzierten Krüglein, von dem er dem neuen Tischgenossen, ohne diesen zu fragen, in ein bereitgestelltes Glas einschenkt. Der Eingeladene macht sich aus Rotwein nicht viel, doch heute ist er nicht wählerisch. Er schmeckt ihm sogar ganz gut.

Man hat Zigarren an- und sich ins Gesicht gesteckt, in deren dicken Qualm man sich nun hüllt. Der Pfarrer hat auch ihm eine solche als mildtätige Gabe angereicht. Der kurende Dichter reagiert darauf mit einem sanften Rasseln in der Brust und nimmt sich vor, diesem heute keine größere Beachtung zu schenken. Ab und an hustet er verstohlen in die hohle Hand. Husten ist hier nicht verdächtig, gehört in dieser Runde fast zum guten Ton.

Auch ein Lehrer hat sich zu ihnen gesellt. Als man sich einander vorstellt, vermag er sein Glück über den prominenten Überraschungsgast kaum zu fassen, doch er fängt sich schnell und bestellt beherzt ein *Birrino*.

In der anderen Ecke der Stube spielt ein junger Bursche so kraftvoll fröhliche Melodien auf einem Akkordeon, dass man seine Stimmbänder strapazieren muss, um in den Gesprächen akustisch bestehen zu können. Der Dichter blickt in die freundlichen Gesichter der Männer um ihn herum, denen alle Lachfältchen gemein sind. Abwechselnd sieht er zum Künstler, zum Pfarrer, zum Lehrer, spürt, wie die Güte des Lebens ihn umhüllt, und würde sogar zum Akkordeon singen, wenn er singen könnte. Übergangslos, so geht ihm auf, ist er einer von ihnen geworden.

Und man unterhält sich. Der neue Gast am Tisch hört halb interessiert, halb amüsiert zu, ein Mensch unter Menschen. Er fühlt sich lebendig. Beim Zuprosten kann man sich darauf einigen, »auf die Frauen« zu trinken, und das Akkordeon spielt eine Art Tusch dazu.

»Die Frauen sind ja doch das Beste, was wir haben«, kräht der Künstler im Anschluss fröhlich. Nur der Pfarrer bleibt ganz still, doch er behält sein freundliches Gesicht auf, wie es alle an ihm schätzen, und nippt versonnen an seinem Glas.

Draußen haben die Wolken wieder die Herrschaft über den Himmel errungen. Als laufe der Tag rückwärts, zieht auch die Schneewand wieder zu. Die Flocken fallen und fallen. Dessen ungeachtet ist ihm mittlerweile viel wärmer, als er es für normal hält. Es ist eng am Tisch, doch das ist es nicht. Am ganzen Körper fühlt er sich feucht, Hemd und Hose kleben schon an ihm und sein Atem geht wieder kürzer. Die Zigarre will jedoch zu Ende geraucht sein. Eisern.

Damit niemand Verdacht schöpft, gibt er sich einen Ruck und die nächste Runde aus, die er sich bemüht, mit launigen Worten zu begleiten: »Meine Herren, es ist mir eine Ehre, in dieser illustren Runde sitzen zu dürfen. Ich bin von einem hohen oder viel mehr hoch gelegenen Hause zu Ihnen hinabgewandert, wo das wahre Leben spielt, und hätte mir nicht träumen lassen, auf so viel Gastfreundschaft zu stoßen.«

Whisky also für alle am Tisch. Das erlaubt auch schon der frühe Nachmittag. Der Lehrer trinkt dergleichen zum ersten Mal. Man ist begeistert. Nur Toni wirft dem Dichter von der Theke einen sorgenvollen Blick zu. Der Adressat tut, als habe er dies nicht bemerkt, kneift ein paar Mal die brennenden Augen zusammen und ist weiterhin willens, durchzuhalten.

Der Fiebernde blendet sich wieder ins Gespräch ein und hört den Tischgenossen, wenn auch mit wachsender Anstrengung, zu.

»Wenn man, wie ich, viele Jahre beim Zirkus war«, vernimmt er die schon etwas schwergängige Stimme des Künstlers, »kennt man auch den Zirkus der Welt. Ich habe genug gesehen. Mir macht man nichts mehr vor. Die paar Jahre, die ich noch habe, will ich nur noch tun, woran der Herrgott mich nicht persönlich hindert.«

»Und was das ist, verrätst du uns bestimmt auch noch«, schaltet sich Toni ein, der an den Tisch getreten ist, um ein eventuelles Bedürfnis nach Kaffee zu erfragen.

»Zum Beispiel hier mit euch zu sitzen, solange es mir Freude macht. Manchmal noch etwas schaffen im Atelier, und sei es nur eine Miniatur. Dann bin ich zufrieden«, gibt der Maler Auskunft.

Der Dichter beneidet die Genügsamkeit dieses bemerkenswerten Künstlers, der auch ein solcher in Lebensführung zu sein scheint. Entwicklung und Erneuerung hat dieser Mann wohl längst hinter sich gebracht. Mit ihm würde man noch das eine oder andere Glas zu trinken haben.

Toni hat dem Dichter eine Hand sanft auf die Schulter gelegt. Der lässt es geschehen und nickt, als der Wirt vorschlägt, auch ihm, der zu seiner Frage geschwiegen hat, einen Kaffee zu servieren. Wie auf Reflex fügt der Gast noch hinzu: »Mit einem Schuss Cognac, wenn Sie so freundlich wären.«

Toni nickt und verkündet: »Der geht aufs Haus. Ein Mineralwasser danach wird Ihnen guttun. Dann fahre ich Sie gerne zurück auf den Hügel.«

Der Elende weiß genau, dass mit Toni ein Schutzengel in sein Dasein geflattert ist, und doch kränken ihn seine Worte, so diplomatisch er sie gewählt haben mag. Gleichwohl sehnt er sich danach, sich hinzulegen und die Augen für lange Zeit zu schließen. Nach diesem grandiosen Besuch in der wirklichen Welt, vielleicht der einzigen, müsste er doch schlummern können wie ein Säugling. Und von diesen glücklichen Stunden träumen.

Toni verschweigt ihm freilich, dass man soeben angerufen hat, um sich zu erkundigen, ob der abgängige Herr bei ihm eingekehrt sei. Man mache sich durchaus Sorgen, wolle aber nur mal nachfragen. (Man tut dies in solchen Fällen immer erst bei Toni und verzeichnet oft genug einen Fahndungserfolg.)

Wenn die Rezeptionsdame anruft mit ihrem reizenden Dialekt, den sie nicht ganz verbergen kann, ist es Toni fast immer unmöglich, etwas zu verschweigen. Die Erleichterung in ihrer Stimme ob seiner Auskunft hat er nicht überhören können. Sie erschien ihm sogar auffallend groß.

WEGE INS FREIE

Die Richtersgattin hat sich im kleinen Salon einen Pfefferminztee servieren lassen, sieht das Wechselbild eines verrückten
Nachmittags am Himmel und quält sich mit inneren Kämpfen.
Sie ist auf dem Rückweg von den Bädern am Empfang vorbei-
gelaufen, weil sie das auf dem Weg zu ihrem Zimmer tun muss,
und hat sich alle Mühe gegeben, nichts von dem Telefonat, das
die Rezeptionsdame führte, in ihre Ohren dringen zu lassen.
Gleichwohl lag eine Aufregung in der Luft, die ihr nicht verborgen blieb. Ein Herr sei abgängig, hörte sie, und am anderen
Ende der Leitung wollte wohl jemand augenblicklich den Professor sprechen. Dass ausgerechnet in diesem Moment ein solch
unerträgliches Jucken ihrer Fußsohlen auftreten und sie sich
Linderung verschaffen musste! So war sie gezwungen, sich in
Hörweite zu bücken, um diese ausgiebig zu kratzen. Zwar ver-
stand sie keinerlei Namen und wusste doch sofort Bescheid.
Überrascht war sie nicht, doch bange ist nun auch ihr.

Gleich wird die junge Frau an den Tisch kommen, um
ebenfalls einen Tee zu sich zu nehmen. Zuvor musste sie das
arme Fräulein angesichts der bevorstehenden Abreise schon
ausgiebig trösten und empfand heimlich einen leisen Triumph,
aber dann auch eine gewisse Melancholie, weil der Dichter sich
am Tisch nicht mehr zeigte und auch sonst nirgendwo zu
sehen war. So haben sie seine Gesellschaft wohl verloren. Und
so sehr dies zum Besten sein mag, so eigentümlich schmerzhaft
empfindet sie diesen Verlust nun selbst.

Man lernt im Leben aber, dass nicht jede innere Regung in
Worte gefasst werden muss. So gab sie die Tröstende und hoffte,
das Fräulein als Schützling zurückgewonnen zu haben. Sie

pflegte die Wunden dieser jungen, rührenden, auf so tragische Weise irregeleiteten Person. Folglich weiß sie, wie frisch sie sind. Ihr etwas von dem mitgehörten Telefonat zu berichten, wäre daher einfach töricht.

Das gute Kind hat den Glanz in den Augen verloren, denkt sie, als das Fräulein den Saal betritt. Sie wittert eine anhaltende Krise und sieht sich, ihren mütterlichen Beistand, geforderter denn je.

Ihr Schützling trinkt Tee in kleinen Schlucken und schweigt.

»Sie fahren morgen nach Hause …«, versucht die Richtersgattin, ein Gespräch einzuleiten.

Das Fräulein nickt – und sagt plötzlich mit der leisen Stimme einer Trauernden, die ihren Verlust voll begriffen hat: »Er hält sich von uns fern.«

»Ich denke, so ist es. Und ich glaube, so ist es besser. Sie müssen mir versprechen, sich nicht mehr so sehr zu bekümmern«, antwortet die Richtersgattin und bemüht sich, so ruhig und bestimmt zu klingen, wie sie es nun für angezeigt hält. Ihr ist, als trage sie eine zerbrechliche Kugel aus dünnstem Glas von Schwelle zu Schwelle. Ein falsches Wort und die Kugel würde fallen und zerbersten.

Und doch entschließt sie sich dazu, der jungen Frau eine Rede zu halten: »Es ist nicht leicht, in unserer Zeit eine Frau zu sein, und schon gar nicht in Ihrem Alter. Man erwartet viel von uns, das Tragen von Lasten, zu gebären, vor allem aber Gehorsam. Und dass wir uns nicht allzu sehr leiten lassen von unseren Gefühlen. Wenn Sie eine erwachsene Frau werden wollen, müssen Sie eine Entscheidung treffen. Entscheiden Sie, ob es ein Mann wert ist, die eigene Seele dauerhaft einzutrüben, oder ob Sie glücklich werden wollen. Ich wünschte, ich selbst hätte vor Jahren anders entschieden.«

Was die Richtersgattin nur hatte denken wollen, hat sie nun ausgesprochen. Sie hofft, dass das Fräulein ihren letzten Satz nicht zum Anlass nimmt, sie eingehender dazu zu befragen.

Das tut es keineswegs, sondern es richtet sich auf, lächelt sogar und sagt mit immer noch leiser, aber nun sehr klarer Stimme: »Ich danke Ihnen. Ich danke Ihnen sehr.«

Die Richtersgattin vernimmt es mit hochgezogenen Augenbrauen.

»Am Ende einer seiner Gedichte«, fährt die junge Frau fort, »heißt es: *Sie lief wie durch die Ewigkeit! Sie weinte und er lachte. Ihr flossen Tränen in den Mund. Auch noch, als sie erwachte.*«

Sie nimmt noch einen Schluck von ihrem Hagebuttentee und die Richtersgattin wartet in großer Ruhe, bis die junge Frau weiterspricht: »Ich habe das lange nicht verstanden. Ein Mann schickt ein Mädchen unaufhörlich in eine Wohnung zurück und sagt, sie habe das Buch vergessen, doch entweder kommt sie nie dort an oder sie findet das Buch nicht. Der Mann ist so kalt und gnadenlos – es ist zum Fürchten. Er verfügt über das, was sie tut, und sie kann nie genügen. Der letzte Vers verrät zwar, dass alles nur ein Traum war, doch das habe ich nie als Beruhigung empfunden, im Gegenteil. Nachdem man dieses Gedicht gelesen hat, fühlt man sich sehr alleine. Man friert.«

Die Richtersgattin nimmt einen tiefen Atemzug und stellt fest, dass er ihr mühelos gelingt. »Und nun haben Sie etwas erkannt?«

»Ja. Ich möchte in meinem Leben nicht diejenige sein, die für einen anderen das Buch holen soll. Ich weiß, wo ich meine Bücher finde, und nehme sie zur Hand, wenn *ich* Lust dazu habe, und nicht, weil ein anderer es mir befiehlt, am besten einer, der doch ohnehin nicht darin lesen will. Niemand soll in meinem Leben sein, der das nicht respektiert. *Das* habe ich erkannt.«

Die beiden Frauen schweigen eine Weile und durchaus bewegt in das Gemurmel der anderen Kaffeegäste hinein.

Eine Servierdame tritt an ihren Tisch und fragt, ob die Damen noch etwas wünschen, doch unverrichteter Dinge geht sie wieder, denn die beiden haben sie gar nicht bemerkt. Sie sehen einander an und können nicht mehr aufhören, zu lächeln.

Nun ist wirklich alles gesagt.

Auch der Frau des Richters a. D. hat der Professor einen guten Kurerfolg beschieden. Nichts jedoch hat sie bislang dazu gedrängt, dies dem Gatten mitzuteilen. Ihr Werk ist hier getan. Auch sie wird bald nach Hause fahren, und was dann kommt, das weiß sie noch nicht. Aber es könnte ihr Vergnügen bereiten, sich dazu die ersten Gedanken zu machen. Den verschollenen Dichter hat sie darüber glatt vergessen.

HÖLLENHUNDE

Plötzlich ist alles wieder trüb, in ihm und um ihn herum, und der Rausch beginnender Männerfreundschaft ist verflogen. Der Pfarrer hat sich freundlich empfohlen, weil er noch einen Hausbesuch zu machen habe, der Lehrer auch, denn er wolle vermeiden, dass seine Frau ihn abholen kommt. Die Männer am Tisch nicken wissend und lächeln dazu.

Nur der Künstler hält sich noch an seinem mittlerweile sechsten Glas Merlot fest, doch ebenfalls an seinem neuen Tischgenossen, der längst verstanden hat, dass auch er sich auf den Heimweg machen sollte. Toni hat, so sehr er es verfluchen mag, recht.

In seinem Körper hat sich eine unaufhaltsame Müdigkeit ausgebreitet, die er früher so nicht kannte. Das Schwitzen will ebenfalls nicht aufhören und schon zweimal fiel ihm in einem narkoleptischen Anfall das Kinn auf die Brust. Möge es niemand bemerkt haben.

Dessen ungeachtet, verwickelt der Künstler ihn in ein erneutes Gespräch, das er in guten Zeiten gewiss genossen hätte: »Mir fällt gerade ein: Sie stellen die Schrift, wenn ich es mal so sagen darf, und ich bin von Haus aus ein Punkteur«, setzt er mit schwerer Zunge an, kramt eine Geldmünze hervor und legt sie auf den Tisch. Der Dichter sieht die Trauerränder unter den Fingernägeln des Künstlers, als der auf die Münze zeigt. »Schauen Sie, ein Fünfliber«, erläutert er, »den darf ich als mein Lebenswerk betrachten. Der ist von mir. Doch mehr ist es leider auch nicht, was einmal von mir bleiben wird. Ein Stück aus längst vergangenen Tagen. Wie ich selbst.«

Der Dichter muss sich anstrengen, um die Münze im schummrigen Licht betrachten zu können und aus Höflichkeit Interesse zu zeigen. Er erkennt das Profil eines stolzen Alpenhirten, der mit breiter Brust und markanter Kinnlinie aussieht wie ein Krieger, und der macht ihm beinahe Angst. Mit seinem Schöpfer aber, so melancholisch er auch dreinblicken mag, will er es sich nicht verscherzen. Lieber bisse er sich die Zunge ab, als ihm nun zu gestehen, dass er demnächst im Sitzen von der Bank zu fallen droht. Schwindel erfasst ihn. Es geht ihm schlecht.

Vom Elysium durch das drückende Tor der Vorhölle, auch sein Atem geht nun schwerer, sein Puls umso schneller und noch nicht einmal das Rauchen macht ihm mehr Freude. Beschämt legt er die Zigarre in den Aschenbecher und rührt sie nicht mehr an. Das hat es noch nie gegeben.

Die Kellnerin mit dem besonderen Lächeln bringt ihm ein Teeglas, das diesmal tatsächlich Tee enthält. »Der Toni hat ihn geschickt. Den sollen Sie jetzt mal trinken. Bald geht's los, soll ich Ihnen sagen, da nimmt er Sie mit nach oben.«

Der Künstler hat ihm seine Münze inzwischen ausgiebig in Form eines Fachvortrags erläutert. Währenddessen hat der Dichter sich den Schweiß von der Stirn getupft, die Augen zusammengekniffen und am Ende kein Wort verstanden.

»Ich lebe noch immer von dieser Münze«, schließt der Künstler seinen Vortrag ab und schaut ihn aus seinen klugen, traurigen Augen durch die Nickelbrille an. »Sie stammt aus einer fernen Vergangenheit. Und mit der alten Münze in der Hand blicke ich in eine ziemlich kurze Zukunft. Das ist kein schönes Gefühl. Und so kommt's, dass ich versuche, einen weltberühmten Schriftsteller mit etwas Gestrigem zu beeindrucken, aber das haben Sie gewiss längst durchschaut.«

Der Angesprochene hofft, dass der Künstler sein anhaltendes Schweigen als Mitgefühl deutet. In Wahrheit versucht er nur ruhig zu atmen, wie er es in der Atemschulung hätte lernen können, so er das Angebot im Sanatorium einmal wahrgenommen hätte. Er muss das losgaloppierende Herz in Zaum halten. Deshalb kann er gerade nicht sprechen.

Plötzlich nimmt der Künstler die Hand des Dichters, öffnet sie und legt den Fünfliber behutsam hinein. »Er soll Ihnen Glück bringen, was immer Sie tun«, sagt er mit warmer Stimme.

Der Dichter steckt die Münze nicht ohne Rührung ein und beschließt, sie von jetzt an immer bei sich zu tragen.

Längst ist es dunkel geworden. Toni tritt an den Tisch: »Ich glaube, wir sollten jetzt fahren«, sagt er leise, aber bestimmt zu seinem prominenten Gast. »Wir wollen doch beide keinen Ärger mit dem Professor.«

»Den wollen wir tatsächlich nicht«, stimmt der Dichter ihm zu. »Er ist ein guter Mann.«

»Oh, der beste«, findet Toni. Und dann sagt Toni noch etwas: »Man hat mir auch gesagt, es habe sich für heute noch Besuch für Sie angekündigt, für Sie. Den wollen wir doch nicht warten lassen.«

Auf diese Nachricht hin ereilt den Angesprochenen ein Hustenanfall, der alle Höllenhunde in ihm ausbrechen lässt. Er hustet so fürchterlich und rettungslos, dass alle um ihn herum ganz still werden.

Die ganze Gaststube sieht zu, wie der Künstler seinem Nebensitzer hilflos auf den Rücken klopft und es damit nur noch schlimmer macht. Sie sehen, wie der Leidende abwinkt, nach Luft ringt, noch einen Schluck Tee trinkt, um irgendetwas zu tun, sich daran verschluckt, weil es genau das Falsche war, den Tee sogleich wieder herausbellt, etwas Galle inklusive, und damit Sakko und Hemd aufs Peinlichste verunreinigt. Eine Aufführung zum Erbarmen.

Vielleicht läutet gleich mein Totenglöckchen, schießt es ihm noch durch den Kopf, an dem die angeschwollenen Adern schon pulsieren. Sein Haar ist schweißnass. Das Purgatorium ist nahe. Er muss damit rechnen, an seinem lebenslang liebsten Ort, in einer Kneipe, zu verenden, sagt er sich. Andererseits erscheint ihm das Sterben in der Kneipe ein würdiger, ja, geradezu angemessener Vorgang.

Doch es kämpft auch in ihm. So es ihm doch gelänge, diesen einen Roman noch zu schreiben, den er seinem kleinen Sohn widmen will. Vielleicht verwandelt er ihn sogar zu einer Figur darin und hinterließe ihm auf diese Weise ein Vermächtnis, das seinesgleichen sucht. Es gäbe kaum einen größeren Beweis seiner Vaterliebe zu diesem rührenden, ernsten Kind.

Er darf nun also noch nicht abtreten, denn es ist noch etwas zu tun.

Als er mit derlei Gedanken seine Seele aufhellt, geht auch sein Atem wieder leichter. Er hört das Rasseln wohl, doch er will ihm keine weitere Beachtung schenken. Es ist noch etwas zu tun. Gleich bei Heimkunft will er mit dem ersten Kapitel beginnen.

Hinaufgeschaut! – Der Berge Gipfelriesen
Verkünden schon die feierlichste Stunde!

Er will sich also zusammenreißen, er will aufstehen und er tut es auch. Er hört, wie ein Beobachter lautstark kundtut, dass er das für keine gute Idee hält, doch darauf gibt er nichts. Das Teeglas ist umgefallen, als er sich am Tischrand festgehalten und nach oben gestemmt hat.

Der Künstler neben ihm presst die Lippen aufeinander. Vor Bestürzung aufgrund dieses erbarmungswürdigen Schauspiels? Da schwinden dem Geplagten endlich die Sinne und er fällt direkt in Tonis aufnahmebereite Arme.

Es ist aber doch noch etwas zu tun, verdammt noch mal.

EINER KEHRT HEIM

Durch den Diensttoteneingang auf der Rückseite des Sanatoriums trägt man diskret einen Sarg hinaus. Wieder einmal ist ein Ende zu beklagen. Ein Herr im mittleren Alter mit Lungenemphysem. Man hat es kommen sehen. Ins Fenster seines Zimmers hat man eine Kerze gestellt.

Währenddessen lässt Toni den Wagen vor dem Haupteingang ausrollen. Dort steht man bereits Spalier. Der Empfang des Rückkehrers ist ernst, der Puderzucker aus dem Himmel, der die Szenerie versüßt, hingegen fast zum Lachen.

Zwei robuste Schwestern übernehmen den Herrn aus Tonis Obhut. Der Professor, wie jedes Mal mitgenommen vom Todesfall, hat Dienstschluss und bereits den Mantel an, will sich die Rückführung allerdings nicht entgehen lassen. Er sieht den Sündigen an, mustert ihn eine Weile und sagt dann nur: »Dusche und Bett. Ich komme dann noch mal.«

Er nickt ergeben, und während die beiden Frauen den Geschwächten auf dem Weg in sein Zimmer stützen, wechselt der Professor noch ein paar Worte mit dem Wirt, denn man kennt sich ja gut.

»Dann bin ich nun wohl Ihr Aufsteiger der Woche«, versucht der Heimkehrer trotz Atemknappheit zu scherzen, als er sich Stufe um Stufe mithilfe der Schwestern nach oben müht. Es überrascht ihn kaum, dass sie nicht darüber lachen.

Er hat nicht bemerkt, dass sich am Treppenabsatz ein kleines Publikum versammelt hat, welches dem denkwürdigen Schauspiel beiwohnt. Die junge Frau steht da, zeigt jedoch keine Regung. Die Wahlmutter an ihrer Seite hält ihre Hand und lächelt immerhin. Auch manch andere im Haus, zu denen sich das Verschwinden des Mitpatienten herumgesprochen hat, wollen einen Blick erhaschen. Die Rezeptionsdame gehört dazu. Nur mühsam unterdrückte Aufregung bestimmt die Atmosphäre und fast eine Art Feierlichkeit ist zu spüren, ein kollektives Aufatmen gar, als sei ein König zurückgekehrt.

Im Zimmer wartet einer der wenigen Pfleger des Sanatoriums, ein großer, überall rundlicher Mann mit weißblondem Haar und einem gütigen Gesicht. Er wird gerne für die Hygiene hilfloser Herren eingesetzt.

Der Heimgekehrte wird also entkleidet und findet den entblößten Zustand, in dem er mithilfe des Pflegers die Dusche besteigt, seiner Situation angemessen. So ergeht es am Ende dem König, der zum Bettler wird und nichts mehr am dürren Leibe trägt, aus eigener Schuld, aus Hochmut.

Minutenlang lässt er das warme Wasser auf seinen schmalen, geplagten Körper prasseln und schließt dabei die Augen. Er kann kaum fassen, wie gut ihm das tut.

Der Pfleger sitzt vor der Dusche, wacht über ihn wie ein Engel und lässt ihn geduldig gewähren. Dem Patienten steigen Tränen in die Augen, als dieser Engel ihn dann in ein Handtuch hüllt und behutsam aus der Kabine führt.

»Ich weiß ja, ich weiß«, sagt der rundliche Engel zu ihm, als er sieht, wie das Gesicht seines Schützlings ganz weich wird. Schließlich hilft er ihm so liebevoll in den Pyjama, beim Zähneputzen und endlich in das frisch bezogene Bett, als sei der Dichter noch ein Knabe, ein recht kleiner dazu.

Sein Zimmer kommt ihm nun vor wie ein Paradies. Er will es nie mehr Zelle nennen. Dankbarkeit durchströmt ihn, als der Pfleger es verlässt und den Professor hineinbittet.

Der Mediziner hat den Mantel wieder abgenommen, setzt sich wortlos an das Bett seines Lieblingspatienten, fühlt ihm den Puls, nimmt persönlich auch Temperatur und atmet dabei so schwer, als verrichte er harte Arbeit. Tatsächlich denkt er an den heute im Haus Verstorbenen und überlegt, seine Predigt mit ihm als Beispiel zu beginnen. Doch dann beschließt er, die Richtung zu ändern und seinem Patienten nichts davon zu sagen. Von Moral versteht dieser ja nun wahrlich etwas.

»Für heute ist es wohl genug«, stellt er also fest. »Sie haben sich ausprobiert. Das tut hier manch einer und oftmals tut er es zu früh. Fast immer sind es Männer, alte Sturköpfe, die noch nicht wissen, was die Stunde geschlagen hat. Am Ende aber steht die Reue. Wir kennen das längst.«

Kurz hält er inne, als müsste er seine Worte abwägen. Er sieht aus dem Fenster in die Nacht. »Aber das ist menschlich, zutiefst menschlich«, fährt er dann fort. »Und bei Ihnen hatte ich mir natürlich schon gedacht, dass Sie sich um weise Ratschläge nicht besonders scheren, weil Sie ein Schlitzohr sind und ein heimlicher Widerständler. Doch der Mensch muss seine Erfahrungen machen. Betrachten Sie den Tag daher als Geschenk.«

Der Dichter wagt es kaum, diesen großartigen Mann anzusehen, weil er mit allem, was er sagt, verteufelt richtig liegt. Also blinzelt er mit den Augen, als müsse das so sein. Doch er ringt sich dazu durch, zu sagen, dass er sich bessern werde.

»Ich verspreche es«, fügt er feierlich hinzu. In diesem Moment glaubt er sogar daran.

»Lassen Sie uns morgen weiterreden«, schlägt der Professor vor und gießt eine milchige Flüssigkeit in einen kleinen Becher. »Ich gebe Ihnen noch ein Mittel, das Sie schlafen lässt«, erklärt er dem Heimgekehrten, der den Becher widerstandslos leert und dann wieder in das Kissen zurücksinkt.

»Gute Nacht, mein Lieber«, sagt der Professor, als er sich zum Gehen wendet.

»Gute Nacht, Herr Professor«, flüstert der Dichter zurück.

Und während der Professor die Tür zum Paradies schließt und dessen Bewohner sich in nie gekannter Erschöpfung den Armen des Morpheus überlässt, kommt unten auf dem Parkplatz ein Wagen zum Stehen.

TRÄNEN IM TRAUM

Als er in derselben Nacht das erste Mal von seinem eigenen Husten erwacht, hört er die Kirchturmglocke schlagen. Es ist halb zwei. Zunächst starrt er ohne Orientierung ins Dunkel. Nur langsam kommt die Erinnerung zurück. Der Whisky, das Bier, der Wein. Und Kesselfleisch. Es hat ihm geschmeckt, wie ihm schon lange nichts mehr geschmeckt hat. Der Künstler winkt ihm zu, der Lehrer erhebt sein Glas und auch der Pfarrer. Dann der abscheuliche Hustenanfall. Der Tee auf der Kleidung. Toni, der Gute.

Aber schön war es doch. Man müsste darüber schreiben.

Und schon wieder mal sitzt da jemand auf dem Schemel, was ihn eigentlich ängstigen müsste, doch das tut es nicht, denn es ist die Schwester, diesmal mit einem überraschend warmen Lächeln, und sie sagt zu ihm: »Ich wollte Sie noch einmal besuchen kommen. Wo haben Sie denn Ihren Rucksack gelassen?«

»Ich glaube, der ist mir abhandengekommen wie andern Leuten ein Stock oder …« Da fällt ihm ein, dass der ausgeliehene Gehstock noch in Tonis Stube steht. Immerhin ist er schon wach genug, um Witze zu machen.

»Das wäre eine Lösung gewesen«, schmunzelt die Schwester. »Aber sie ist nicht richtig. Sie haben es sich nur so zurechtgewünscht. In Wahrheit liegt noch ein gutes Stück Weg vor Ihnen.« Ihr Lächeln vertieft sich. »Vielleicht müssen Sie die Richtung ändern, auf jeden Fall aber ihr Rückgrat stärken, denn wenn Sie der Rucksack mit all seinen Steinen wieder beschwert, und das wird bald so sein, können Sie ihn wenigstens tragen, wenn Sie ihn schon nicht mehr loswerden.«

»Dann kann ich ihn wenigstens tragen«, wiederholt er leise, als sei er damit ganz einverstanden.

Dass er gar so wach ist, wie er eben noch glaubte, erweist sich als Irrtum, denn kaum hat sich die Schwester wieder aufgelöst, sinkt er in den Schlaf zurück.

Und bald träumt er.

Er sitzt unter einem trüben Himmel in einem Boot und rudert einen Fluss entlang. Neben ihm fährt ein weiteres Boot, in dem Friedel und sein kleiner Sohn sitzen. Deren Boot gleitet wie von selbst auf dem Strom dahin. Der Sohn hält die ganze Zeit seine Hand ins Wasser, seine Mutter sieht ihn lächelnd an. Er winkt den beiden zu, die sie nur wenige Meter von ihm entfernt sind, doch sie nehmen keine Notiz von ihm. Er ruft ihnen zu: »Hallo, ich bin es doch! Steigt doch bei mir ein!« Sie ignorieren ihn aber, können ihn nicht hören, und seine Verzweiflung verstärkt sich.

Das Rudern strengt ihn an, und sein Boot verliert den Vorwärtskurs, weil er immer wieder eine Hand zum Winken gebrauchen muss. Mit einem Mal sind die beiden verschwunden, als seien sie nie dagewesen. Entsetzen ergreift ihn, und es wird noch größer, als er leblose Frauenkörper sieht, die vor ihm im Wasser treiben. Einer davon ist Ilse, die erste große Liebe. Er schluchzt sofort auf, als er sie erkennt, und ruft: »Du kannst doch alleine gar nicht schwimmen!«

Am Ufer sitzt Vater Emil auf einem einfachen Hocker und lächelt sein unergründliches, stilles Lächeln. Hinter ihm stehen Raubtiere in einer Reihe und haben die Ohren aufgestellt. Sie sehen aus, als beobachteten sie ihn in seinem Boot auf dem Wasser. Doch sie beäugen auch die Frauenkörper. Vielleicht warten sie nur darauf, sich über die Leiber hermachen zu können, sobald sie nah genug ans Ufer getrieben sind. Er will, er muss sie davor bewahren, doch als er aufstehen will, kann er sich nicht bewegen. Da merkt er, dass die Ruder ins Wasser gefallen sind. Das Boot folgt nur noch der Strömung, fährt an den Frauenkörpern vorbei. Sie sehen wie Leichen aus und sind doch keine. Im Vorbeifahren hört er noch, dass sie miteinander sprechen. Eine sagt: »Wir leben. Doch was sollen wir tun?« – »Weiterleben!«, schreit eine andere, und es klingt wie ein Befehl.

Draußen am Ufer, das entlang eines dunklen Waldes verläuft, haben die Raubtiere sich in Bewegung gesetzt. Eines hat Vater Emil mit dem Maul am Kragen gepackt, schleift ihn erst mit und lässt ihn dann liegen. Das Rudel bewegt sich die Strömung entlang. Da begreift er, dass er sie nicht so schnell loswird. Ein schreckliches Gefühl von Gefahr, vor allem aber von unendlichem Alleinsein in der Welt erfasst ihn. Zum Rudern nimmt er nun in zunehmender Verzweiflung die Hände, doch er schürft sie sich augenblicklich auf. Der Fluss hat sich in rauen Asphalt verwandelt und das Boot ist abrupt darauf zum Halt gekommen.

Eines der Raubtiere, es ist ein schwarzer Panther, löst sich aus dem Rudel und kommt sehr langsam auf ihn und das Boot zu. Auf seinem Rücken sitzt ein kleiner Junge, der sich freut über den Ritt auf dem Tier und vergnügt dabei lacht. Da sieht er: Er ist es selbst, vielleicht fünf Jahre alt.

Plötzlich bleibt der schwarze Panther stehen, weil ihn jemand am Schwanz zieht. Es ist die Mama. Er weiß nicht, soll er rufen, laufen, still zusehen, da zerfallen das Tier und sein fünfjähriges Selbst zu Staub. Ein Wind kommt auf und trägt die winzigen Körner fort. Als der Wind stärker wird, ziehen sich auch die Raubtiere am Ufer wie auf Kommando in den Wald zurück. Er bleibt im Ruderboot sitzen, weinend und mit blutenden Händen, ein zweites Mal unfähig, sich zu bewegen, und sieht die Mama nur an, die noch den zuckenden Schwanz des schwarzen Panthers in der Hand hält. Sie lächelt ihr allerliebstes Lächeln, er schluchzt ein weiteres Mal auf, als er es sieht, und die Mama sagt: »Nun ist doch alles gut, mein Junge. Nun ist doch alles richtig.« Dann singt sie mit einer süßen Mädchenstimme: »Schlag noch einmal die Bogen, um mich du grünes Zelt.« Und sie wiederholt mit der Stimme einer Hexe: »Um mich du grünes Zelt. Um mich du grünes Zelt.« Es klingt schrecklich.

Er hält sich die Ohren zu, wendet sich ab und blickt zwischen seine Schenkel. Unter der Sitzleiste des Bootes entdeckt er einen hellbraunen Wanderrucksack, ganz ausgebeult und zerknittert. Mit seinen blutigen Händen befühlt er ihn und stellt fest: Er ist leer.

An dieser Stelle erwacht er, weil er weint. Er liegt auf dem Rücken, heult, wie er es nicht mehr für möglich gehalten hätte, und kann nichts dagegen tun. Er will es auch immer weniger. Zugleich beobachtet er sich wie mit einem zweiten Forscher-Ich, während er weiterschluchzt. Das hat ihm schon oft geholfen, wenn es Elend auszuhalten galt. Im imaginierten Außenblick kann er kaum glauben, dass er dieser Weinende sein soll. Er weiß noch nicht einmal, was genau ihn so erschüttert.

Sein Gesicht ist nass. Die Tränen fließen ihm schon in den Ausschnitt des Pyjamas. Seine Brust zuckt, zieht sich zusammen, löst sich wieder. Das Alleinsein in der Welt als tiefe Empfindung hat er aus dem Traum mitgenommen. Sie klebt an ihm mit einer Stärke, von der man weiß, dass sie haften bleiben wird.

So liegt er im Dunkeln und weint. Niemand kommt. Es fühlt sich an wie in Kindertagen und auch wie ein Ende, doch die Nacht ist noch längst nicht vorbei.

AUGEN AUF, AUGEN ZU

Es ist sehr früh am Tage, aber der Himmel schickt schon ein ungewöhnliches Licht ins Zimmer, gleich einer Ankündigung von etwas Besonderem.

Nach einem tiefen Schlaf erwacht er, weil er merkt, dass etwas anders ist. Er spürt aber auch eine Hand, die sich vertraut anfühlt, eine Hand, die auf der seinen liegt. Noch weiß er nicht, wie schnell er die Augen öffnen will, um zu erfahren, wer nun bei ihm sitzt. Seine Lider sind schwer. Dann hört er ein Räuspern, das er sehr genau kennt. Lotte. Kurz muss er die Enttäuschung herunterschlucken. Wie hätte er auch annehmen können, dass nicht sie, sondern … Na eben.

Sie muss hier schon lange gesessen haben, doch weil sie ihn gerade nicht ansieht, sondern auf irgendeinen Punkt im Zimmer starrt, hat sie sein Erwachen nicht bemerkt. Diese Gelegenheit nutzt er, blinzelt und schließt die Augen sogleich wieder. Er will so tun, als schliefe er, wie er es als Junge oft getan hat. Die Mama hat ihn immer durchschaut. Lotte aber bleibt regungslos.

Er ertappt sich bei einem Gefühl der Freude, dass sie gekommen ist, und wäre zugleich lieber allein, zumal nach dieser Nacht. Vorsichtig nimmt er ein paar bewusste Atemzüge und stellt fest, dass sie ihm heute Morgen viel leichter fallen. Etwas hat sich verändert. Zum Guten. Als hätten die Tränen das Kranke aus ihm herausgeschwemmt.

Da löst sie sich aus ihrer Erstarrung und wendet sich zu ihm um. Wahrscheinlich hat er zu laut geatmet.

»Du bist ja wach«, sagt sie so leise und sanft, wie er es gar nicht mehr von ihr kennt, und bemüht sich um ein Lächeln.

Doch sogleich beginnt auch das Verhör: »Was machst du denn schon wieder für Sachen?«

»Gestern, meinst du? Ich war einfach nur etwas länger spazieren«, murmelt er schon die erste Lüge des Tages, »und gleich war das ganze Haus in Aufruhr. Man kann es auch übertreiben.«

»Ich habe mich so gesorgt, mich sofort ins Auto gesetzt und bin gleich hergefahren, als hier niemand wusste, wo du steckst.«

»Na, jetzt jedenfalls im Bett. Man ist der Meinung, dass ich hier hingehöre. Und du liegst nicht mit drin«, versucht er, anzüglich zu werden, obwohl ihm gar nicht danach ist. Mit ihr schon lange nicht mehr. Er musste es trotzdem sagen, wie unter Zwang.

»Ach, lass das doch …«, wehrt sie wenig überzeugend ab. Er sieht Rührung und Zuneigung in ihrem Gesicht. Wie man nur so unerbittlich lieben kann, fragt er sich und klappt die Lider wieder nach unten.

»Ich habe mir ein Pensionszimmer in der Nähe genommen und werde ein paar Tage bleiben«, sagt sie dann.

Er ist froh, dass sie nicht fragt, ob er sich darüber freue, denn erst einmal ist er erschrocken, auch mit geschlossenen Augen. Nur kurz zuckt sein Gesicht. Ein paar Tage. Aber so ist sie. Ihn nach seiner Zustimmung zu fragen, würde sie zu viel kosten.

»Du wirst mich hier ein bisschen brauchen können. Jemand muss ja auf dich aufpassen, wenn du es schon selber nicht tust«, versucht sie zu scherzen, doch ihm ist nicht zum Lachen zumute.

»Wir werden schöne Spaziergänge machen, wir beide«, kündigt sie an, »und ich werde deine Anstandsdame sein. Der Schnee soll bald schmelzen und diesen niedlichen Park freilegen. Dort wollen wir wandeln.«

Nun könnte nur noch ein Hustenanfall helfen, doch der wäre ihm zu anstrengend.

»Ich will mich dann mal erheben. Das Frühstück ruft«, sagt er stattdessen, ohne auf ihre Pläne einzugehen.

»Das tu nur. Man hat mir gesagt, ich könnte in der Bibliothek auf dich warten. Gefrühstückt habe ich schon in der Pension«, beantwortet sie die nicht gestellte Frage und berührt ihn dabei kurz an der Wange. Sie tut ihm schon fast leid in ihrer Unsicherheit, von der sie glaubt, sie vor ihm verbergen zu können. Das Mädchen, das sie schon so lange in sich vergraben hat, hätte er gerne länger genossen.

Man hat einander mal gekannt und berührt. Und irgendwann war es einfach vorbei damit. Er muss an den schrecklich dicken Mann und seine kleine, schmale Frau im *San Gottardo* denken und an ihre Hand, wie sie über seine Wange streicht.

»Hast du heute Programm?«, will Lotte dann wissen und klingt mit einem Mal bedrohlich unternehmungslustig. Ihre gute Laune kann er kaum ertragen, und er glaubt sie ihr auch nicht.

»Was machen sie denn hier so mit dir?«, plappert sie aufgekratzt weiter. »Wie man hört, wird man in diesem Haus ordentlich auf Vordermann gebracht, aber du bist ja schließlich nicht im Urlaub, also lass es dir nur gefallen, denn so liederlich wie im vergangenen Jahr nach dem Zusammenbruch und im Krankenhaus willst du dich doch nie mehr fühlen, das hast du selbst gesagt, nicht wahr?«

Ja, das hat er. Er hätte nur nicht geglaubt, dass es noch schlimmer kommen könnte.

Seine Rettung beginnt mit einem Klopfen an der Zimmertür. »Herein«, sagt er mit noch etwas schlafrauer Stimme, und es tritt ein: der Professor persönlich. Er bleibt zur Begrüßung zunächst im Türrahmen stehen, als habe er diskret zu sein, und lächelt so milde, dass der Besuchte annehmen darf, trotz der gestrigen Aufregung nicht auf Dauer in Ungnade gefallen zu sein.

»Das wollte ich mir nicht nehmen lassen, gleich vor der Visite nach Ihnen zu sehen, mein Lieber«, sagt der Professor erstaunlich fröhlich und fragt den Patienten: »Hatten Sie eine gute Nacht?« Die Antwort wartet er nicht ab, sondern frohlockt sogleich weiter: »Und hier sitzt er nun, der liebe Besuch. Um so viel Fürsorglichkeit werden Sie hier manche beneiden, also herzlich willkommen, gnädige Frau! Die Seele soll ja mitgesunden, und deshalb sind Sie hier genau richtig. Was wären wir Männer doch ohne die Frauen, die vom Seelenheil so viel mehr verstehen als wir alten Tölpel.«

Der Patient sieht die Besucherin von der Seite an. Sie verzieht ob dieser Huldigung des weiblichen Geschlechts keine Miene. Natürlich nicht.

»Nur Aufregung ist streng verboten«, sagt der Professor, droht dabei neckisch mit dem Zeigefinger und zieht die Augenbrauen nach oben. »Heute braucht er noch viel Ruhe, also auch nicht zanken, bitte.« Er lacht, als er das sagt, und scheint den Ernst seiner Worte nicht zu erahnen. »Er soll schlafen, so viel er kann. Machen Sie sich einstweilen einen schönen Tag in den Bergen, gnädige Frau, oder spazieren Sie am See entlang. Es wird sich gewiss etwas finden. In diesem Paradies, hier bei uns im Tessin, würde selbst der Herrgott Urlaub machen.«

Zum Erstaunen des Patienten entfährt Lotte ein kurzes Kichern. Dann nähert sich ihm der Professor, untersucht ihn, wie immer mit ernster Miene, hört und klopft ihn ab, während Lotte zur Wand gedreht steht, und sagt am Ende einen dieser Sätze, aus denen man nicht recht schlau werden kann: »Es wird, es wird schon.« Dann empfiehlt er sich.

»Nett, dein Professor«, befindet sie und sagt noch mehr über ihn, doch er hört es nicht, weil er in dieses eigentümliche Morgenlicht blinzeln muss, das sich offenbar weigert, sein Zimmer zu verlassen.

Man probiert sich ja nun schon einige Zeit als Mensch, sinniert er, hat jeden Tag ein- und ausgeatmet, sich um den eigenen Atem zumeist nicht gekümmert, außer, wenn er einem auch einmal nicht gehorchte oder zu wenig davon zur Verfügung stand. Früher war dies am ehesten die Folge einer gewissen, in der Regel für die Horizontale und naturgemäß zwei Personen gedachten Betätigung. Damit konnte man leben. Doch gelebt hat man kaum, trotz alledem. Und nun wird alles noch weniger.

Er sieht Lotte an. Wann haben sie zuletzt …? In einem anderen, längst versunkenen Leben, als sie noch sie selbst war.

»Du kannst dich jetzt wieder umdrehen«, sagt er zu ihr, deren Redefluss für den Moment versiegt scheint, und erhebt sich aus dem Bett. »Im Übrigen ist heute Sonntag. Wer will da schon *Programm*? Und den Professor hast du ja gehört. Ich soll ruhen.«

»Dann ruhe. Ich gehe zurück in die Pension und hole dich um drei zu einem kleinen Spaziergang ab.«

Er weiß, dies ist kein Vorschlag, sondern eine Verfügung. Einspruch zwecklos.

»Ja«, antwortet er also nur, auf der Bettkante sitzend und schon wieder ganz erschöpft vor lauter Zumutungen, denen er sich ausgesetzt sieht. Alle würden sie sehen, wenn er mit ihr spazieren ginge. Sie würde ihr gewisses Lächeln anknipsen und die Besitzstände wären geklärt. Ein ihm Wohlgesonnener riete ihm daher wohl, auch den Nachmittag zu verschlafen.

Bevor sie geht, gibt sie ihm einen Kuss auf die Stirn, tätschelt seine Wange, was er jeweils hasst, aber trotzdem geschehen lässt, und rät ihm noch, tüchtig zu frühstücken. Das wird er selbstverständlich nicht tun.

Kaum hat sie die Tür hinter sich geschlossen, fällt er ins Bett zurück, zieht sich die Decke über den Kopf und leistet der Anweisung des Professors augenblicklich Folge.

AUFBRUCH

Noch eine halbe Stunde bis Wörth am Rhein. Der Fabrikanten-vater hat der Familie ein eigenes Zugabteil gemietet, damit er ungestört schlafen kann. Zunächst gelingt ihm das auch. Die Mutter ist in ihre Handarbeit vertieft und schweigt, während die Tochter aus dem Fenster sieht und die immer vertrauter werdende Landschaft an sich vorüberziehen lässt. Doch ein neues Gefühl der Fremdheit mischt sich bei. Sie spürt, dass sie eine Landschaft sieht, die für etwas Gewesenes steht. Das Rattern der Räder könnte sie schläfrig machen, doch sie ist hellwach. Sie wartet nur noch auf den richtigen Moment.

Selbstverständlich sind die Eltern froh, ihr einziges Kind gesund mit nach Hause nehmen zu können, mehr noch aber darüber, die Tochter wieder in der elterlichen Obhut zu wissen. Hat sie sich erst daheim eingelebt, wird schon alles werden. Die Flausen hat man ihr fürs Erste jedenfalls ausgetrieben. Man darf also zufrieden sein.

Und auch einen Mann haben sie ja schon für sie gewählt. Es ist kein übermäßig kluger und auch nicht besonders galan-ter junger Herr, der sie einmal heiraten soll. Um genau zu sein, ist er im Auftreten etwas linkisch und von eher eindimensio-nalem Gemüt. Er dürfte den Ansprüchen der Tochter also kaum genügen, wie den Eltern wohl bewusst ist, doch das ist bei Entscheidungen wie dieser von nachrangiger Bedeutung. Der gewisse junge Mann ist nämlich ein auffallend fleißiges Mitglied der Geschäftsleitung des familieneigenen Unterneh-mens und hat somit beste Chancen, dessen Geschicke einmal zu lenken, so ihm der Vater eines Tages das Zepter übergeben sollte. Dafür sind nun mal Voraussetzungen zu schaffen. Die

Tochter als zukünftige Ehefrau wird ihm dafür den Rücken freihalten. Kochen kann sie schon ein wenig, in einer Gesellschaft kann sie sich bewegen und parlieren, den Rest, die Kunst der Eheführung selbst, wird sie auch noch lernen. Man hofft natürlich auf Enkelkinder. Es wird sich schon alles weisen.

Mit den Eltern so im Abteil zu sitzen, fühlt sich für die Tochter an, als sei etwas nicht mehr richtig, und auch das ist ihr neu. Sie schließt die Augen, öffnet sie nur hin und wieder, um die Mutter und den Vater zu mustern. Dies sind die Menschen, die ihr am nächsten stehen sollten, weil es doch die Eltern sind. Sie hat aber nun fast Mitleid mit den beiden, weil etwas zwischen ihnen vergangen scheint, von dem sie noch nichts wissen. Nur sie selbst weiß davon.

Sie denkt an die Richtersgattin und tut es mit warmen Gefühlen. Sie ist zu einer Freundin geworden. Jedenfalls empfindet sie es so, selbst wenn es kein Wiedersehen geben sollte. Aber Briefe! Ja, Briefe könnten sie einander doch schreiben.

Dann denkt sie noch einmal an den Schwur, den sie unter dem Abendhimmel im kleinen Park geleistet hat, überlegt, ob sie sich dafür schämen soll, doch sie entscheidet sich dagegen, denn nun ist sie frei, auch frei davon, den eigenen Gefühlen ganz zu erliegen und dadurch kein selbstbestimmter Mensch mehr zu sein.

Und schließlich denkt sie an ihn, den sie zurücklassen musste. Wie die Figur in einem Traum, den man gerne noch ein wenig festgehalten hätte, obwohl man schon erwacht ist. Noch immer ist ihr, als fühlte sie die zaghaft tätschelnde Hand des Lebensdichters auf ihrem Rücken, als sie beide vor dem Gemälde standen und sie weinend an seiner Brust lag. Was sie in jenem Moment schon spürte, kann sie nun vor sich selbst zugeben: Es war die kraftlose Hand eines kranken alten Mannes, um den man sich sorgen muss. Und Sorge ist nun das vorherrschende Gefühl, wenn sie an ihn denkt. Doch Dankbarkeit ist es eben auch.

Wahrscheinlich wird sie viele seine Werke noch einmal lesen, den »Fabian« wohl als Erstes. Doch dies wird mit einem neuen Blick geschehen. Er wird prüfend sein und noch genauer, frei von Schwärmerei, nüchtern also, und damit würdigend. Sie ahnt, dass sie auf diese Weise Erkenntnisse erlangen wird, die sie zu weiteren so schmerzhaften wie notwendigen Abschieden nötigen werden.

Auf dem Goldhügel hat sie etwas hinter sich gelassen, vielleicht auch verloren oder doch mit gewissem Bewusstsein abgestriffen und niedergelegt. So entfährt ihr ein Seufzer. Er drückt genau das aus.

Der schwierigste Abschied steht ihr noch bevor. Für einen Moment ist ihr schwer und leicht zugleich. Der Kokon ist gebrochen. Es ist an der Zeit, loszufliegen.

»Mutter«, sagt sie zu der Frau, die ihr gegenübersitzt.

Die Mutter in ihrer Konzentration auf die Handarbeit gibt nur einen summenden Laut von sich, der aber signalisiert, dass sie bereit ist, zuzuhören.

»Mutter, ich muss dir etwas sagen, und dem Vater auch.«

Nun sieht sie ihr Kind an, legt die Handarbeit zur Seite, und der Vater, bislang im roten Samtpolster des Erste-Klasse-Abteils zurückgesunken, schlägt die Augen auf. Er blickt in das klare Gesicht seiner Tochter, das eine gesunde Farbe hat, und er blickt in vertraute Augen, in denen er jedoch ein neues Flackern sieht. Auch er richtet sich auf und tastet nach der Hand seiner Frau.

Die Tochter sitzt aufrecht und hat die Hände in den Schoß gelegt, als sie mit leiser, aber klarer Stimme zu den Eltern sagt, was endlich aus ihr herausdrängt: »Ich bin euch dankbar für alles, alles, was ihr für mich getan habt. Nie habe ich Mangel erlitten, im Gegenteil. Die beste Bildung habt ihr mir ermöglicht. Mich verwöhnt, mir keinen Wunsch versagt, vor allem nicht die Bücher, in denen ich meine Kindheit verträumt habe. Das habt ihr zwar immer nur geduldet, aber immerhin das. Die Schulnoten stimmten ja.«

Sie sieht in die unbewegten Augen der Mutter. Es ist ein Anblick, den sie kennt, denn schon immer hat diese Frau Haltung bewahrt, Gefühle eingedämmt, bevor sie sie überrollen könnten. In den Augen des Vaters sieht die Tochter etwas, das sie dort noch nie entdeckt hat: Tränen. Er scheint bereits zu begreifen.

»Diese Krankheit, gleich nach dem Abitur … In den ersten Tagen wusste ich noch nicht einmal, ob ich sie überleben würde. Doch jetzt fühle ich mich gesünder als ich es jemals war. Ich kann tiefe, klare Atemzüge nehmen, und jeder davon zieht mich mehr ins Leben hinein, in mein *eigenes* Leben. Ich habe beschlossen, es zu beginnen, und zwar jetzt.«

Die Eltern schweigen noch immer. Auch das ist neu für die Tochter und lässt ihr Raum, den sie sich mit einem Mal nicht mehr erkämpfen muss.

»Haltet mich für unvernünftig oder gar verrückt«, fährt sie also fort. »Haltet mich für undankbar, obwohl ich es nicht bin. Haltet mich für dumm, weil ich ein Geschenk ausschlage, das die meisten Töchter niemals ausschlagen würden: ein komfortables Leben, in dem die Bahnen längst beruhigend geebnet sind.«

Sie sieht, wie sich die Augen der Mutter weiten.

»Ich möchte abseits dieser Bahnen gehen«, fährt sie fort, obwohl sie den Mutterblick nicht ganz deuten kann. »Ich möchte in eine große Stadt ziehen, die mir alles zeigt, was den Menschen ausmacht.«

Als sie das sagt, zuckt der Vater ein wenig zusammen.

»Dort will ich in einem einfachen Zimmer leben und das studieren, was ich fast so sehr liebe wie euch beide …«

Dies mag ein wenig geflunkert sein, wie sie wohl weiß. In den Augen der Eltern sieht sie nun bange Erwartung.

»… Literatur. Ich bin nun mal aus der Art geschlagen, wie ihr immer gesagt habt, aber diese Liebe will ich zur Vollendung bringen. Werft mich aus dem Haus, beschimpft mich, enterbt mich – ich *muss* abseits eurer Bahnen gehen.«

Und bevor die Eltern etwas entgegnen können, sagt sie, wofür sie am meisten Mut benötigt: »Und wenn ich einen Mann haben will, suche ich ihn mir selbst aus, denn ich will *leben*, und leben kann ich nur so.«

Dann schweigt sie, zufrieden, denn fürs Erste ist alles gesagt. Vielleicht täte es gut, aus Erleichterung zu weinen, doch sie ist froh, dass sie es in eben diesem Moment nicht tut.

Nun kann alles passieren. Der Vater könnte ihr eine von Vernunft nur so strotzende Rede halten, die Mutter könnte gar zu schreien beginnen, denn wenn ihr die Kontrolle über etwas entgleitet, kann sie durchaus die Contenance verlieren. Stattdessen geschieht – zunächst fast nichts.

Die Mutter macht schließlich doch den Versuch, etwas zu sagen: »Das … das ist …«, ringt sie um Worte, in ihrem Gesicht ist Fassungslosigkeit zu sehen.

Die Tochter wartet höflich.

»Also, das überlegst du dir noch mal.«

Der Vater betupft seine Augen und murmelt: »Da müht man sich sein Leben lang und meint es gut …«

Die junge Frau hört Worte, mit denen sie gerechnet hat. Von den eigenen will sie keines zurücknehmen.

Und während ihre Eltern mit der eigenen Verstörung beschäftigt sind, sieht sie wieder aus dem Fenster und lächelt einer Zukunft entgegen, die sich erstmals so anfühlt, als könne sie sich darauf freuen.

SCHWANKENDE GESTALTEN

Lotte kommt pünktlich um drei. Sie klopft und tritt im selben Moment ins Zimmer, was er gar nicht leiden kann. Er hat gerade die Schranktür geöffnet, die Haare stehen in mehrere Richtungen ab und er trägt noch seinen Pyjama. Sie sieht auf die gewölbte Flasche in seiner Hand, dann sieht sie ihn an, doch sie sagt kein Wort, und damit ist er ausgesprochen einverstanden.

So ist sie eben auch, denkt er. Es muss schließlich Gründe gegeben haben, warum man sich einmal zusammengetan hat. Na ja.

Sie warte im Foyer, während er sich frischmache, sagt sie dann, und dann werde man sich im Wandeln von der Sonne vergolden lassen.

Es ist ihm unangenehm, wenn sie versucht, noch die banalsten Aussagen zu poetisieren. Zumeist steckt das Bestreben dahinter, die gute Laune auf grimmige Weise aufrechtzuerhalten. Das kennt er längst. Bevor er antworten kann, ist sie schon wieder aus der Tür.

Nachdem er kurz am Schreibtischrand Halt suchen musste, zieht er sich im Sitzen an. In der Obstschale liegt ein Apfel, den er noch zu verzehren beschließt. Der Blutzuckerstand verlangt danach. Vor der Zimmertür bleibt er stehen und atmet noch einmal ein und noch einmal aus. Er staunt. Von Husten auch jetzt keine Spur. Fühlt er sich gewappnet? Es hilft ja nichts, sagt er sich, und geht nach unten.

Man begibt sich also in den kleinen Park. Dort flaniert man im nachmittäglichen Sonnenlicht eines plötzlich so sanften Februarsonntags und könnte schon wagen, auf den Frühling zu hoffen. Auch andere zieht es hinaus an die Luft. Manche zeigen sich in feiner Tracht. Man spielt Grand Hotel. Man wandelt umher, man plaudert, unterbricht kurz, um zu grüßen, und setzt das Plaudern wieder fort. Weit weg ist alles, was dieses beschauliche Treiben stören könnte. Es weiß ja auch noch niemand von dem Herrn, den man gestern Abend aus dem Haus getragen hat, hinten, zum Dienstboteneingang.

Lotte hat sich bei ihm untergehakt und alles ist so, wie er es erwartet hat. Sie führt ihn und führt ihn dabei vor. Das vormalige Hengstchen ist zum Ackergaul gealtert, sagt er sich, ein Gaul, der vom Trab in den Schritt gewechselt hat. Und sie hält die Zügel.

Ihr hagerer Arm fühlt sich an wie Holz. Er erinnert sich, dass dies einmal sehr anders war, doch ein Gefühl dafür stellt sich nicht mehr bei ihm ein. Es ist ja auch die falsche Frau, die hier an seiner Seite geht. Als diese Erkenntnis erst wie nebenbei und dann immer klarer in ihm aufsteigt, bleibt er für einen Moment stehen. Er sieht den Satz übergroß vor sich, wie den Titel eines Films im Kino, und er wird ihn nicht mehr los. *Die falsche Frau.*

»Was ist mit dir?«, fragt die Besagte.

»Nichts, was sich noch einmal ändern ließe«, murmelt er und sieht sie dabei nicht an.

Dann erschrickt er vor seinen eigenen Worten und fügt schnell hinzu: »Nichts, was irgendjemand ändern *könnte*. Das Leben und dass es immer schneller vorbei geht, *das* ist«, offenbart er sich ihr, und er findet, dass er damit nicht gelogen hat.

Lotte schweigt daraufhin lange. Dann sagt sie: »Vielleicht solltest du dir vom Professor Tabletten verschreiben lassen, die dich von solch trüben Gedanken abbringen. Wenn noch nicht einmal der Sonnenschein hilft … Oder schreibe wenigstens ein Gedicht, das ist noch besser als jede Chemie.«

Dr. Erich Kästners Lyrische Hausapotheke mag schon manches Leiden gelindert haben. Ihm selbst hilft sie immer seltener, doch auch das behält er für sich. Soll sie nur weiter an den großen

Dichter glauben, dem die Arbeit alles ist. Das ist ja nicht von Nachteil.

Sie ist die falsche Frau, mahlt es immer weiter in ihm – doch sie war einfach zuerst da. Damals und auch diesmal wieder. Und sie war schon immer schneller als die anderen. Dies ist nun der Tüchtigen Lohn.

Tatsächlich rattern erste Gedichtentwürfe durch seinen Kopf wie Spielzeugeisenbahnen. Hätte er Ruhe, könnte er sie niederschreiben. Doch wenn er Lotte bald los sein will, muss er das Maß an Gegenreden deutlich reduzieren und sie gewähren lassen. Andere würden es wohl aufgeben nennen.

Sie bleiben am Mäuerchen des Parkrands stehen und sehen hinunter. Man kann beinahe verfolgen, wie der Schnee auf der Via Roncone in der Sonne schmilzt, Reste einer ganz anderen, grauweißen Welt. Er lächelt beim Gedanken, dass er sich gestern noch durch das wilde Gestöber gekämpft hat, genau diesen Weg entlang, dass er diese Straße oft noch entlanggehen wird, irgendwann auch in Sandalen, im kurzärmeligen Hemd, das Sakko über die Schulter geworfen, ein nachlässig intoniertes Summen auf den Lippen und in Erwartung eines kühlenden Getränks im Kreise der Genossen am Tisch. So könnte er einen letzten Zipfel guten Lebens zu fassen kriegen.

Immer wieder sieht er verschwommen. Es strengt ihn an, den Blick in die Landschaft für so lange Zeit zu halten, doch er weiß auch nichts Besseres zu tun. Fährt dort unten nicht schon wieder der alte Kutschwagen vorbei? Nein, er kann es nicht sein. Aber er hätte schwören können …

Doch, da – er sieht einen gedrungenen alten Mann mit Baskenmütze die Straße sehr langsam in Richtung *San Gottardo* gehen. Es ist der Künstler! Das ist er gewiss! Am liebsten möchte er ihm zurufen: »Lieber Freund! Ich komme bald hinunter zu Ihnen. Bestellen Sie beim Toni schon einmal eine Flache mit zwei oder besser drei, nein, mindestens vier Gläsern!« Doch er tut es natürlich nicht.

»Sag mal«, sagt sie und holt ihn aus seinen Gedanken. Nur mittels eines kurzen Brummens lässt er erkennen, dass er ihr zuhört, während er weiter ins Tal späht. »Du sprichst da vom Leben, das immer schneller vergeht. Das sieht man wohl so, wenn man keine zwanzig mehr ist, und das sind wir ja beide nicht.«

Er zuckt schon zusammen, wenn sie *wir beide* sagt.

»Trotzdem. Wir könnten noch einmal alles anders machen, in eine andere Stadt ziehen oder in ein anderes Land. Wir lieben München, natürlich, aber manchmal muss man Entscheidungen treffen, auch gegen das eigene Herz.«

Muss man?

Lotte hält inne und scheint eine Antwort von ihm zu erwarten, doch er beschränkt sich auf ein kryptisches »Hm«.

Sie ist auch eine Meisterin der subtilen Nötigung, denkt er, und hätte über diesen Gedanken fast verräterisch den Kopf geschüttelt.

Auf der langen Straße ist der Künstler schon ein gutes Stück vorangekommen. Gleich wird er die Kurve nehmen und dahinter verschwinden.

»Du wirst hier noch viel Zeit haben, um nachzudenken«, fährt sie fort, »und ich bin sicher, dass du erkennen wirst, wen du wirklich brauchst. Gerade jetzt. Und später ohnehin.«

Was auch immer sie damit meint, bisher, findet er, ist es ihr auf kolossale Weise gelungen, ihm eine Ansprache zu halten, die Friedel und den Jungen zwar andeutet, sie aber keinesfalls beim Namen nennt. Auch für ihre Redekunst hat er sie einmal geschätzt. Zumindest die Redekunst ist geblieben.

»Als du so krank wurdest letztes Jahr«, sagt sie dann erstaunlich sanft und berührt ihn sogar am Arm, »sind wir beide ganz schön erschrocken, nicht wahr? Das hat uns doch etwas gelehrt, vielleicht auch, dass das Leben eine Kostbarkeit ist, auf die man sich nicht ewig verlassen kann. Aber hier, hier kannst du vergessen, hier kannst du zurückfinden zu alter Stärke, hier wirst du gesun-«

»Ich werde wieder einen Roman schreiben«, entfährt es ihm plötzlich und lauter als ihm lieb ist. Hat er das wirklich gesagt? Er hat, nun ist es einmal heraus, also hilft es nichts, er muss weitersprechen, und mit jedem Wort wird ihm leichter ums so lange beschwerte, ach so verbeulte Herz.

»Endlich wieder einen Roman und endlich wieder für Kinder. Ich werde ihn *meinem Sohn* widmen, den ich mit *Friedel* habe, nur dass *wir* das in unserer kleinen Groteske, die wir hier aufführen, nicht vergessen.«

Er sieht Lotte noch immer nicht an, während er das sagt, doch er kann sich vorstellen, was in ihrem Gesicht nun zu lesen wäre. Manchmal muss man gemein werden, auch wenn es danach niemandem besser geht.

Und weil er gerade genügend Mut beisammen hat, sagt er noch: »Es kann nicht bleiben, wie es ist. Ich weiß nur nicht, wie es anders werden soll.«

Er empfindet durchaus die Besonderheit dieses Moments und wagt nun doch einen Blick zu Lotte. Sie erwidert ihn nicht, hat ihre Sonnenbrille aufgesetzt, schaut in die Ferne auf den glitzernden See und schweigt. Wie seltsam, dass sie dabei auch lächelt, als habe sie die bedeutungsvollen Worte nicht gehört, die er an sie gerichtet hat. Ihre Augen lächeln vermutlich nicht mit.

»Sieh mal, dieser einsame Vogel«, sagt sie irgendwann, als gäbe es sonst nichts zu besprechen, und deutet in den Himmel. »Er hat es wohl nicht in den Süden geschafft.«

Sie sagt es ganz ruhig, so ruhig, dass es ihm schon Sorgen macht. Doch er erkennt auch eine Chance, neutralen Boden quasi. Von seinem soeben erlittenen Mutanfall muss er sich ohnehin erst erholen.

»Vielleicht war er ja bereits dort und hat sein Billett vorzeitig gelöst, weil ihm schon warm genug geworden ist«, versucht er also eine Erklärung, obwohl er von Ornithologie auch nicht den blassesten Schimmer hat. So redet man gemeinsam ziemlichen Unsinn, für den man sich schämen müsste, doch wenn es das ist, was einander noch verbindet, dann soll es so sein.

»Ja, vielleicht war es so oder es war ganz anders«, gibt sie die Sibylle, und es klingt, als sei damit das letzte Wort gesprochen.

In ihm festigen sich die Worte: *Ich werde wieder einen Roman schreiben.* Damit ist auch die Linie gezogen, die Lotte für eine verbindende halten muss. Er hingegen sieht sie als eine trennende an, doch das braucht sie ja nicht zu wissen. Gedient wäre damit ja beiden.

Er erinnert sich der Streichholzschachtel, wie er sie gestern bei Toni fast zärtlich in der Hand wiegte, und ist für einen Moment auf eine erhebende Weise fassungslos über den Weg, der sich vor ihm auftut. Er will und wird sich in das Herz seines kleinen Sohnes schreiben und finge am liebsten sofort damit an.

Ein Schauer fasst mich, Träne folgt den Tränen,
Das strenge Herz, es fühlt sich mild und weich;
Was ich besitze, seh ich wie im Weiten,
und was verschwand, wird mir zu Wirklichkeiten.

Der Künstler ist hinter der Kurve verschwunden. Für ein paar Minuten ist kein Mensch auf der Via zu sehen. Ein vertrautes Gefühl wohliger Traurigkeit bewegt noch einmal sein Gemüt und den Fünfliber bewegt er in seiner Hosentasche.

Dann sieht er einen Wagen anrollen, der schließlich am Straßenrand hält. Eine junge Frau mit dunkellockigem Haar steigt aus und dann ein Kind, ein kleiner Junge. Hand in Hand gehen sie zum Fuße des Hügels. Dort kniet sie sich zu dem Jungen herab und zeigt nach oben. Beide schauen sie hinauf zum *Collina d'Oro.* Er erstrahlt vor ihnen im schönsten Licht, das einen nahenden Frühling verspricht. So verharren sie eine ganze Zeit, während er sich kaum traut, diesen Anblick für möglich zu halten. Er ist es ja auch nicht.

Und endlich, endlich, geht in ihm etwas auf und *die Träne quillt*. Verstohlen wischt er sie sich ab.

Lotte nimmt auch davon nichts wahr. Dicht steht sie nun bei ihm und hat ihre Hand dreist in die seine geschoben, doch das bedeutet ihm so wenig wie es ihn stört. Er weiß nur, dass er etwas gesehen hat, das sie nicht sehen konnte. Sie wird es ihm nicht mehr nehmen können.

So stehen sie noch lange nebeneinander und bemerken beide nicht, dass sich der kleine Park mit einem Mal von Menschen geleert hat. Es muss wohl daran liegen, dass sich, gar nicht weit von ihnen entfernt, der schwarze Panther den schmalen Schatten einer Zypresse ausgesucht hat, um dort einen späten Mittagsschlaf zu halten. Wenn man bliebe und sich ihm vorsichtig näherte, könnte man ein leises Schnarchen vernehmen, hätte man das rechte Ohr dafür.

»Deine Hand wird feucht«, sagt er zu ihr, als die Schraubzwinge sich zuzieht.

»Ich weiß«, sagt sie zu ihm und lässt dennoch nicht los.

Der Rest ist Schweigen.

Na ja.

NACHWORT

Nachdem seine Wohnung im Februar 1944 ausgebombt wurde, zieht Erich Kästner zu seiner Langzeitfreundin Luiselotte »Lotte« Enderle (1908–1991) in die Berliner Sybelstraße. Wenige Monate vor Ende des Krieges schmuggelt sie ihn aus dem zerstörten Berlin nach Mayrhofen in Tirol zu angeblichen Filmaufnahmen. Damit rettet sie ihm wohl das Leben, während einige seiner Freunde wegen regimekritischer Äußerungen noch hingerichtet werden. Man kann wohl sagen, dass Enderle spätestens zu diesem Zeitpunkt zum wichtigsten Menschen in Kästners Leben wird – nach seinem über alles geliebten »Muttchen«, versteht sich. Später wohnen sie in München.

Trotz der langjährigen Beziehung mit Lotte und obwohl beide auch beruflich nach wie vor eng zusammenarbeiten, führt Kästner vor allem in den Nachkriegsjahren ein komplexes Liebes- und damit ein Doppelleben. Wenn er abends die gemeinsame Wohnung verlässt, um seinen amourösen Abenteuern nachzugehen, bisweilen mehreren Affären gleichzeitig, sagt er zu seiner Lebensgefährtin, er gehe »auf Montage«. Auch sie dürfte die Bedeutung dieser harmlosen Umschreibung gekannt, die Situation aber zunächst noch ertragen haben.

In jener Zeit lernt Kästner die Schauspielerin Friedhilde »Friedel« Siebert (1926–1986) kennen und lieben.

In den fünfziger Jahren beauftragt Enderle schließlich doch ein Detektivbüro, um Kästners Schritte abseits des gemeinsamen Weges beschatten zu lassen, und erfährt von dieser Beziehung. So lässt sie die Adresse Friedels herausfinden und erfährt 1961 auch von Thomas, dem 1957 geborenen Sohn, dessen Vater Erich Kästner ist.

Zu jener Zeit erscheint auch die von Lotte verfasste Biografie Erich Kästners. Trotz der erlittenen Kränkungen zeichnet sie von ihrem berühmten Lebensgefährten ein glorifizierendes Bild, das sie auch in späteren Auflagen nicht mehr verändert.

Erich Kästner lebt über Jahre in der Spannung zwischen Luiselotte Enderles Eifersucht, die sich in vielfachen Tobsuchtsanfällen Bahn bricht, und der ungelösten Situation mit Friedel Siebert, die mit dem kleinen Thomas in der Schweiz wohnt. Mit den beiden hätte er sich wohl vorstellen können zu leben. Seine Bindung zu Enderle jedoch, vermutlich auch eine gewisse Dankbarkeit ihr gegenüber sowie seine Befürchtung, sie würde es nicht überstehen, wenn er sie verließe, verhindern letztlich eine mutige Entscheidung für die kleine Familie.

So umtriebig Kästner in jener Zeit sowohl als Autor als auch als Friedensaktivist und PEN-Vorsitzender ist, so sehr könnte vor allem diese private Situation seine Gesundheit zunehmend belastet haben. Die zunächst nicht entdeckte Tuberkulose-Erkrankung und die Folgen einer heftigen Ischias-Attacke führen schließlich zum Zusammenbruch in Wien, wo er zuvor gefeierte Lesungen gehalten hat.

Nach vielen Wochen in der Münchner Universitätsklinik und intensiver Diagnostik geht Kästner, selbst erschüttert von seinem Zustand, nach Agra ins Sanatorium.

Friedel Siebert möchte zunächst Abstand und bittet Kästner, ihr und dem Sohn, seinen »zwei ein und alles«, von dort keine Briefe zu schreiben, wie er dies noch wenige Wochen zuvor aus der Münchner Universitätsklinik getan hat, und auch kein Lebenszeichen anderer Art zu senden. Der Briefkontakt wird allerdings schon Anfang April 1962 wieder aufgenommen. Davon zeugen die »Briefe aus dem Tessin«, die Horst Lemke 1977 herausbringt.

Erich Kästners eigene Rolle als Sohn der Eltern Ida Kästner – der ebenso dominanten wie depressiven Übermutter, die nur für ihren »lieben, guten Jungen« lebt – und Emil Kästner, dem stillen Vater im Hintergrund, ist übrigens vielfach beschrieben. Prekärer ist die Frage, wer eigentlich Kästners leiblicher Vater war, nämlich möglicherweise nicht der Industriearbeiter Emil Kästner, sondern tatsächlich der Sanitätsrat Dr. Emil (sic!) Zimmermann, Hausarzt und Freund der Familie. Dies ist allerdings bis heute ein Gerücht, auch wenn es sich schon viele Jahre hält und manche Quellen es sogar als Fakt vermitteln. Dass Kästner in all seinen Briefen an das »liebe, gute Muttchen« Emil Kästner zumeist nur am Rande grüßen lässt, könnte zwar einer der Belege dafür sein, dass er ihn lediglich als Stiefvater ansah. Eine seriöse Bestätigung all der Vermutungen um die wahre Vaterschaft lässt sich jedoch nirgendwo gesichert finden, zumindest in keiner der Biografien.

Im Sanatorium soll Kästner also genesen, sich nicht anstrengen, möglichst auch nicht in Form schriftstellerischer Betätigung. Seine »Gewohnheiten«, nämlich der Konsum von Alkohol und Zigaretten, lässt er sich dort dennoch nicht austreiben.

Während seines Aufenthalts taucht er immer mehr ins örtliche Leben ein, vor allem in Form regelmäßiger Besuche im *Ristorante San Gottardo,* das Toni Wiss betreibt, der mit dem Sanatorium u.a. als dessen Hauspostbote in enger Verbindung steht. Im *San Gottardo* lernt Kästner den Künstler Paul »Pauli« Burkhard (1888 – 1964) kennen und schätzen, der mit Vorliebe aus Goethes »Faust« rezitiert, nachdem er sich ein gewisses Quantum an Alkohol zugeführt hat. In den 1920er-Jahren gestaltete Burkhard Prägevarianten des sogenannten Fünflibers, der Schweizer Fünf-Franken-Münze.

Erich Kästner bleibt noch fast eineinhalb Jahre auf dem *Collina d'Oro.* Nach seiner Rückkehr aus diesem ersten Kuraufenthalt widmet er seinem Sohn den Kinderroman »Der kleine Mann« (1963), der von Max Pichelsteiner handelt, einem winzigen Waisenjungen, der in einer Streichholzschachtel schläft und im Zauberkünstler Jokus von Pokus einen liebevollen Ersatzvater findet.

1964 geht Kästner ein weiteres Mal für sieben Monate nach Agra. Im Jahr 1969 wird das Sanatorium für immer geschlossen. Heute steht dort ein Wellness-Resort.

Zwischen Luiselotte Enderle und Friedel Siebert hat Kästner sich nie entschieden. Nach ein paar Jahren des Versuchs einer gelebten Doppelbeziehung, in denen er zwischen München und Berlin, wo Siebert und Thomas mittlerweile lebten, hin- und herpendelt, trennt sich Siebert endgültig von ihm. Der Kontakt zu seinem Sohn jedoch wird intensiver.

Erich Kästner wird nie mehr ganz gesund. Luiselotte Enderle ist für ihn da, bis in seine letzten Tage.

Am 29. Juli 1974 stirbt er in einer Münchner Klinik an Speiseröhrenkrebs.

Im Moment seines Todes ist er allein.

ZITIERTE WERKE*

S. 6: »Kleines Solo«, Erstdruck: *Die Weltbühne* 24, 1947, S. 1069.

S. 12: Pony Hütchen ist eine Figur aus Kästners Kinderroman »Emil und die Detektive. Ein Roman für Kinder«, Williams & Co. Verlag, Berlin 1929. Vgl. auch William Shakespeare, »A Midsummer Night's Dream« bzw. »Ein Sommernachtstraum« (1605).

S. 19: Vgl. »Keiner blickt dir hinter das Gesicht«, Erstdruck: *Dresdner Neueste Nachrichten,* 11.11.1932, S. 2.

S. 24: Vgl. »Nachtgesang eines Kammervirtuosen«, Erstdruck: *Das Stachelschwein*, 02.11.1925, S. 17.

S. 24: Siehe »Ein Mann gibt Auskunft«, Erstdruck: *Vossische Zeitung,* 14.07.1929, Unterhaltungsblatt Nr. 162.

S. 30: Martin Thaler und Jonathan »Johnny« Trotz sind Figuren aus Kästners Kinderroman »Das fliegende Klassenzimmer«, Perthes (DVA), Stuttgart 1933.

S. 55: Franz Grillparzer, »In der Fremde« (1843).

S. 66: »Jardin du Luxembourg«, »Herz auf Taille«, 2. erweiterte Auflage, Leipzig 1928.

S. 70: »Gesang zwischen den Stühlen« gleichnamiger Gedichtband, Deutsche Verlags-Anstalt, Stuttgart 1932.

S. 83: Johann Wolfgang von Goethe, »Faust I« (1808), V. 1.

S. 84: Aus: »Gute Nacht, mein Kind!«, erstmals erschienen im 3. Band der von Achim von Arnim und Clemens Brentano herausgegebenen Sammlung »Des Knaben Wunderhorn« (1808). Deutscher Text von Clemens Brentano.

---

* Die hier angegebenen Kästner-Zitate stammen aus: Erich Kästner, Werke, herausgegeben von Franz Josef Görtz. Carl Hanser Verlag, München/ Wien 1998.

S. 93:   Vgl. »Fabian. Die Geschichte eines Moralisten«,
          Deutsche Verlags-Anstalt, Stuttgart u. Berlin 1931.

S. 95:   Kurt Tucholsky, »Augen in der Großstadt« (1930).

S. 115:   Gemeint ist das Gemälde »Agno- und Luganersee von Bosco aus
          gesehen« der Schweizer Malerin Clara Porges (1879 – 1963).

S. 146:   Johann Wolfgang von Goethe, »Faust II« (1832),
          V. 4695ff.

S. 154:   »Ein gutes Mädchen träumt«,
          Erstdruck in: *Die Weltbühne,* 01.10.1929, S. 526.

S. 165:   Freiherr Joseph von Eichendorff, »Abschied« (1810).

S. 178:   »Dr. Erich Kästners Lyrische Hausapotheke«, Basel 1936, war eine
          Sammlung bereits erschienener und neuer Gedichte, die Kästner
          mit einem Vorwort ausstattete, in dem er bestimmte Gedichte als
          Medizin für diverse Leiden empfahl.

S. 182:   Johann Wolfgang von Goethe, »Faust I«; V. 29ff.

S. 183:   Vgl. Johann Wolfgang von Goethe, »Faust I«, V. 784: »Die Träne
          quillt, die Erde hat mich wieder!«

S. 183:   Vgl. William Shakespeare, »Hamlet«, 5. Aufzug,
          2. Szene: »The rest is silence.«

WEITERE QUELLEN

Luiselotte Enderle, »Erich Kästner mit Selbstzeugnissen und Bilddokumenten«, München 1960.

Erich Kästner, »Briefe aus dem Tessin. Mit einem Geleitwort von Horst Lemke«, Zürich 1977.

Michael Bauer, »Schlankes Hengstchen«, FOCUS Magazin Nr. 7 vom 13.02.1999.

Sven Hanuschek, »Erich Kästner«, Reinbek bei Hamburg 2004.

Annette Baumeister, »Das andere Ich«, Dokumentarfilm, Deutschland 2016.

DANKSAGUNG

Herzlichen Dank an …

… Michael Volk, weil mein Roman in seinem Verlag Heimat finden durfte, Martina Dolhaniuk vom Volk Verlag für ihre Begeisterung sowie das überaus achtsame und feinsinnige Lektorat, Kai Gathemann von der Literaturagentur Gathemann für seinen grandiosen Einsatz und den unerschütterlichen Glauben an das Manuskript, Marc Hofmann für die Öffnung der Tür sowie so manches stärkende Gespräch – und Uschi für einfach alles.